서울 입성

서울 입성

2025년 2월 17일 초판 1쇄 인쇄 발행

지 은 이 ㅣ 신중혁
펴 낸 이 ㅣ 박종래
펴 낸 곳 ㅣ 도서출판 명성서림

등록번호 ㅣ 301-2014-013
주　　소 ㅣ 04625 서울시 중구 필동로 6 (2, 3층)
대표전화 ㅣ 02)2277-2800
팩　　스 ㅣ 02)2277-8945
이 메 일 ㅣ msprint8944@naver.com

값 12,000원
ISBN 979-11-94200-66-6

서울 입성

신중혁 시집

도서
출판 명성서림

머리말

　일곱 번째 시집 『서울 입성』을 상재한다. 초라한 수확이다. 등단이 늦은 탓이다. 고등학교 재학 시절 『학원 문학상』을 수상한 것이 겸양이나 정진에 걸림돌이 되었다는 생각이 든다.

　작품은 언제나 서정 쪽에 기울어 있다. 실험시도 아닌, 사상이나 문예 사조를 표방하는 것은 물론 주제나 소재별로 특정할 것도 없다. 그래서 시집 한 권을 몇 개의 다발로 묶는 것은 별 의미가 없다고 생각하여 한글 자음 순을 따라 차례를 정했다.

　표제에 드러난 것처럼 서울 전입 이후의 작품이다. 아직 서울 생활이 익숙하지는 않으나 출근도 답사도 없이 집에 머물러 있을 때가 많으니 작품의 모티브가 될만한 소재는 미미하다. 게다가 오자마자 코로나 시기에 부딪혀 나뭇가지도 붙들지 못하고 홍수에 떠내려가는 형국이 되어 버렸다. 비대면이 대세라 풀 나무나 날아가는 새한테 말을 걸어 보는 때가 있었다. 그렇다고 정령신앙〔애니미즘〕을 주창하는 것은 아니다.

직전 시집『해맞이 광장의 공정』표지 접이에 문학 활동보다 교단생활의 행적을 너무 소상하게 적어 한 말씀씩 하는 핀잔의 소리가 귀에 들리는 듯 좌불안석의 한때도 겪었다. 행적을 연보로 적을 만큼 뚜렷한 것도 없고 그냥 약전을 기록한다는 게 초점이 안 맞는 엉성한 짜임이 되고 말았다.

  표지화는 이상남 화백에게 청하여 그의 화첩『천년의 유산』에서 「세월의 향기」를 선정하여 신기로 허락을 받았다.

  남은 시간 힘자라는 데까지 정진할 것이다.

2024년 여름
저자 근지

차례

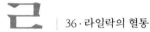

ㄱ

거미의 입지

맛집 앞 긴 행렬
급식소 옆줄은 휘어져 있다
벽보의 시선은 엉뚱한 데를 향하고 있다
제철 만나 외등에 불이 켜지면
부동浮動의 날갯짓에서 목쉰 소리가 난다
사람 사는 집에는 그물을 내리지 말라 했는데
목이 좋아 자리를 옮기지 못한다
그물이 출렁 가슴이 철렁
어르신은 통신을 안 하니까
가끔 마당 비로 처마를 걷기 때문이다
지팡이가 기둥에 기대어 있고
잔기침을 놓아 인기척을 낸다
바깥세상이 궁금한지 보청을 했는데
소리가 증폭되어 진실을 들을 수 없다
찾아오는 피붙이가 없는 것 같고
임종은 거미 몫이 되려나

검은 마음 주의보

조경을 하느라 옮겨온 금강송이
이발하면서 치깎은 두상 같다
잘려나간 굵은 팔뚝엔
진으로 상처를 싸매고 있다
재심이 없다, 온전히 정원사의 처분이다
삼심도 억울함을 감싸지 못할 때가 있다
목숨을 부지한 게 만행이지
올봄에도 송순 한 마디씩 밀어 올렸으니

어느 날 이 멀쑥한 나무에 백로가 날아왔다
청청한 가지와 흰 날개
작은 풍경이나 자연을 연출한다
그런데 잘 차려입은 노신사가
연못의 황금 잉어를 물고 가는 것이 아닌가
경비들이 부랴부랴 그물을 치고
약자를 위한 법망을 정비하는데
겨울 수족관을 벗어난 자유를
다시 움츠려야 하는 형국이 되어 버렸다

계묘년癸卯年 새해

바깥 날씨가 어지간히 추운가 보다
속옷을 껴입고 성에 낀 유리판에 토끼를 그린다
그려놓고 보니 실물과 얼추 닮았다
고공 행진을 따라잡으려면
무엇보다 뒷다리가 길고 튼실해야 한다
설날, 새해 덕담으로 복을 어지간히 퍼 날랐다
어떤 이는 복을 너무 누리면
손자 복까지 당겨쓴다고 걱정이다 그런데
토끼가 지게문 위의 호랑이의 눈치를 보는 것 같다
나는 기를 살리려고 두 귀를 잡지 않았다
손자의 예절을 타이르지도 않았다
가끔 계묘년을 '게모년'으로 말하더라도
듣는 사람이 알아서 들을 일이다
아이들한테는 따라 하지 말라고 단단히 타일러야 한다

고삐를 잡고 있어야 하는 이유

코청을 뚫었나, 아팠겠다
외양간을 기웃거리던 바람이
들로 나와서 고삐를 잡고 있으라 한다
그러고는 휑하니 영 넘어 사라졌다
고삐는 코뚜레에 닿아 있다
지난날 콩밭에서 마음을 빼앗겼던 일 이후로
자제력을 다지는 훈육의 끈이다
사실 거기는 비둘기나 꿩도 또 그 누구도
마음을 빼앗기기 쉬운 장소다
훌쩍 목장으로 터전을 옮겨 볼까
뛰고 굴리고 지천으로 널브러진 초식
그들은 동종同種인가 대부분 굴레 없는 민낯이다
두렁콩까지 입을 대면 메주짝이 작아진다
뿔 사이 자제력을 두르고 있으면 바투 잡지 않아도 된다
영악한 마름도 두렁콩은 셈하지 않으니 말이다
워낭소리를 내자, 할 말은 하고 살자

금귀봉 판타지

뭉게구름 속마음 비칠 듯
산봉 언저리를 기웃거린다
벽화 고분 천녀天女는 몇 세기를
구름 자락 끌며 극락왕생 춤사위다
할아버님은 탕건 쓰고 동저고리 바람일 때가 많다
지금쯤 발치에 지천인 산딸기를
항아리에 담그느라 분주하실 것이다
독주나 설탕이 아닌 감로나 석청을 섞고 계실 걸, 아마
망실봉에 비 묻어 고을 전체가 비에 젖어도
금귀산 자락 햇볕 한 뼘
갈매 재 호랑이 장가간다는 소문이다
전쟁이 나던 때 봉수대에 횃불 놓고
한들의 시름을 내려다 보고 계시던 할아버님
우중에 도롱이 입고 삿갓 쓰고 벼 논을 보살피시느라
보해산, 우두산, 건너편 미녀봉 누님 안부도 물을 새가 없었다

햇볕과 물을 넉넉하게 내려 주신 덕에
그해 나락은 두렁이 넘치도록 풍작이어서
구호미 안 받고 겨울을 맞을 수 있었다
가끔 들르면 예를 갖추지 아니하고
눈인사만으로도 탕건이 잘록 알은 체하신다

긴 다리 디딘 기별
그래 아들아

아버지의 눈금에 갇혀
벽을 등지고 애간장을 태운 적 있다
어느 날 훌쩍 눈금을 벗어나
성큼성큼 다가갔을 적에 아버지는
기다렸다는 듯 계단 오르기를 권하신다
문밖의 걸림돌 염려 튼튼 다리를 주문하신다

아침잠에도 왕대를 꿈꾼다
새는 창밖에서 종알거리고
잠을 깨우는 어머니의 물 묻은 손
당부 말씀을 꾹꾹 눌러 대나무 마디가 붉어진다
대는 속이 비어야 맑은소리가 난다는데

전철이 다리에 발을 올린다
발품을 덜어 덜컹거리며 강을 건넌다
잘게 부서지는 햇살 바람이 밀어 올리는 듯한 물결
부시어 바로 보지 못한다
죄송한 마음도 섞어서

이번 역(노량진역)에서 내려야 한다
다리 긴 탁자에 간편식을 날라 놓고
배낭을 벗지 않고 베어 먹는다
엘리베이터를 기다리는 사람들의 뒤를 돌아
계단을 두 단씩 짚어도 강의실은 뒷자리다
더러 안 보이는 얼굴도 있는데 사람은 넘친다
바람에 실려 올까 혹시 소문에 묻어올까
기다리는 마음은 부모님 속이다

꺾기 호황

창밖에 웬 새소리
잠을 설친 것 같은 목청
자주 가지를 옮겨 앉으며
고개를 갸웃거린다

쌀 씻는 할머니의 어깨가 신명났다
홍시를 꺾을 때 고음을 뽑던 간짓대가
담에 기대어 섰다
손자의 알람이 울지 않았다
학교 안 가는 날도 있단다, 안 깨워도 될
짜증 섞인 변성이 꺾어서 절창이다
달리기 끝에 반환점은 새로운 다짐이다
목을 틔우려
바락바락 대들던 폭포가 생각난다
지금은 빙벽을 타는 사람의 생명줄이 드리워져 있다
갈고리로 두드려도 봄은 응답이 없다

신청곡을 띄워 놓고
손녀와 함께 연결을 고대하지만
곡목은 할머니의 애창곡이다

ㄴ

나무꾼을 추적하다

전쟁 소년은
가슴에 도낏자루 하나쯤 품고 산다, 땔나무를 감당하던
한나절 나뭇짐을 묶어 놓고 너럭바위
삼베 밥부제(보자기) 고리버들 도시락
풋고추 된장 찍어 먹던 꽁보리밥
시장기가 재촉하기도 하지만 온전히 입맛이다, 그렇게
장성했다
집으로 가는 길은 언제나 지름길이다
외길이라 다른 길이 있는 것도 아닌데
마음은 늘 질러가는 것이다
나뭇짐을 지고 소녀를 스칠 때는 얼굴을 붉혔지만
땔감이 무거워 용쓰는 척하고 지나쳤다
대장부는 자잘한 일에 신경 쓰면 안 된다고
천둥처럼 들려오는 소리 맘에 담지 않았다
살면서 도낏자루는 심지가 되었다
이를테면 천을 고를 때 뒤스르지 않아서 뿌듯했다
천둥소리 들려도
연못에서 건진 무쇠 도끼를 마음에 간직할 것이다
주말쯤 민속 박물관을 들러 볼까 한다

낯선 귀환

감똘개 줍던 나무 아래에 와서
촌수 할머니와 뿌리를 더듬는다
웃대를 들먹이고 아명을 들추고
아련한 기억을 실에 꿰어
감똘개 염주를 걸어 드린다
귀향이냐고 물으시길래
귀농도 귀촌도 아니라서
어정쩡하게 귀환이라고 말씀드렸다
젊은 가지는 장성하여 촌수로 다가가기가 서먹하다

물막이 둑이 천 근 무게로 압도한다
몽리가 넓어져도 분배는 옹색하고
마름의 몽니가 더욱 심술이라서
소작인의 애가 개흙이 되어 가라앉았을 것이다
어느 수몰지에서 왔는지 고목은 부직포를 두르고 섰고
팔짱 끼리 둑을 지나서 데크 둘레길로 들어선다
수자원 팻말에 가려서
풍경이 화장한 후 덧칠한 눈썹이다

구름이 놀을 머금고 불쾌하다
수문 근처로 내려와서
어디에다 말을 붙이나
알아들을 수 없는 조잘거림
태양광 외등은 먼 산만 보는데
작은 낙차가 풍자豊字를 돌린다, 풍년 풍요 풍성
미꾸라지 한 마리 개흙을 뒤집어쓰고
시멘트 수로에 몸을 가누지 못하고
나락 논으로 들어가 벼포기에 숨는다

영농 트랙터 소리에 뱃가죽이 들썩거리고
들밥도 메뚜기도 아련한 논 가운데
인공 지능은 미래의 농사에 대해
뭐라고 하는지 물어본다

누리장나무

귀태 나는 나무라기보다 이름이 흔치 않다
잎에서 누린내가 난다고 붙인 이름이다
누가 뒷간 모퉁이에다 나무를 심었는가
냄새를 반타려는 뜻이었을까

나고出 드는入 이야기를 분별없이 할 수는 없다
몸엣 것이라고 지극한 거부는 없는 듯
부엉이 우는 밤에는 입초를 세워야 하고
냄새 따위는 생각 밖이었다

누리장나무는 그 잎이 천생 들깻잎이다
우려서 쌈싸 먹고 장아찌도 담근다
붉은 꽃받침이 가을에 열매까지 감싼다
포근한 모자상이다

화장실과 뒷간이 쉽게 연상 안 되듯
누린내, 구린내가 누리장나무를 끌어 오지 않는다
중생의 업보를 내리는 소리 들리는가 아닌가
차라리 냄새 말고 해우소解憂所는 어떤가

눈치 없는 염치 있는

물가에 발 담그고 있어도
이마는 불볕이다
솔숲이 차양을 둘렀는데
하필 모자를 재껴쓰는(잦혀쓰는) 바람에 더욱
궁둥이가 무거워 보인다
좀 해서 뜰 줄을 모른다
장정 몇이서 밀어도 꿈쩍 않는다
물가는 사람들로 붐비고
혹 뛰는 놈이 있을랑가(있으려나) 뜰채를 들어도
원산지 출력은 눈가림이다
연방 땀을 훔치지만
옥수수수염은 땡볕에서 붉어지고
울콩(강낭콩)은 깍지 속에서 담금질이다

달빛 동행

장을 파하고 바구니에 달을 담는다
등짐은 이골이 나서, 이는 것은 편두통이 도져서
오늘은 안고 가기로 한다
가방끈 한쪽을 어깨에 걸고
아이를 안고 어린이집을 나설 때가 좋았다
가로수가 듬성듬성 서 있는 보도를 지나면서
아는 얼굴을 만날 때마다
달은 납작 엎드렸다
풍선의 바람이 조금 빠진듯한
열이렛날 달을 보듬어도
바구니는 만월이다
마을 어귀 공굴(콘크리트) 다리에 와서
여울목에다 바구니를 기울인다
남들은 비운다고 말하지만
물살과 한참 몸싸움을 하고
근천(궁상)을 떨쳐 버리는 것이다
그 아래 수중보의 평정
물방울이 듣는 얼굴과 마주한다

첫차를 타야 하는 막내를 치송하느라
벽에 기대어 수잠을 자는데
처마를 기웃거리는 기척이 있어 밖을 내다보니
날 바래다준 천년지기
서역 만 리 길을 떠난다고
서산을 가리키고 있다

동뜨다

여럿 가운데 뛰어나게, 다소곳하기까지 하면

뭇시선이 칭송으로 몸을 둘러 옷자락을 들고 따르게 된다

유별나다는 말은 개성은 뚜렷하지만 흠결이 남는다

초를 다투는 사람들은 기록을 쪼개어 세공하듯 누에고

치를 짓는다

장차 눈부신 비단 실을 뽑거나

나방이 되어 한 생의 모롱이를 날갯짓으로 굽이 돌 것

이다

초저녁 동뜨게 반짝이던 샛별이 새벽녘에 시무룩할 때

가 있다

기웃거리는 구름 탓일 수 있으나

불면을 뒤척이는 이녁의 몸부림 때문인가 싶기도 하다

반짝이는 별은 기상 말고도 가슴의 구름을 걷어야 보

인다

동정動靜

낙엽을 한줌 집어
울타리 가에 가을을 흩다.
태양초 채반 언저리에
친정집 햇살이 몇 가닥 섞여 있다
김장을 외치는 트럭의 스피커 소리
크게 들리는가 했더니 금방 멀어지고
썰물 나간 갯벌, 파닥거리는 새우가
염장 속으로 등이 굽는다
옷장 안에 잘 안 입는 옷가지
미련을 수거함에 넣고 나니
나무 밑에 있어도 하늘이 훤하다
산 아래 열차 지나가는 소리
신발도 안 신고 맨발로
선로의 이음매를 구르는 마찰음
토닥거리며 쌓은 정, 문득 보고 싶어서
고개를 드니 분명 분쟁은 아니었구나
세기의 모퉁이를 돌아오면서
곧은 철길을 휘는데 무성했던 공론
공굴 받침(침목) 밑에 자갈이 수북하다
침대칸에 누워
시베리아를 횡단하는 꿈을, 꿈속에서 꿈을 깬다

동행 사임당

사임당께서 화구를 밀쳐두고
저자를 둘러보러 나서신다기에
지갑 깊숙이 꼬깃꼬깃한 지폐를 꺼내어
그림 한 번 그분 얼굴 한번
'현금 없는 버스,'진료비는 현금으로 받지 않습니다'
사임당 한 장을 비상금이라고 여기지 않으나
요긴할 때가 더러 있다
쇠머리 국밥 두어 그릇, 자판기 커피 한 잔
동전은 돼지 저금통에 손자의 크레파스를 살 수 있다
한 다발쯤 돼야 비상금이지
한 장은 비상이 아니고 지극히 평상이다
불편함을 덜어 준다는 명분은 있으나
이녁의 쏠쏠한 재미를 앗아가는군

두둑을 짓다

두둑을 만든다 언제든지 씨앗을 넣을 수 있게
객토 한 수레 부렸으면 좋으련만
없는 형편에 흙을 긁어모으기만 한다
두둑을 짓는다, 물이 잘 빠지게 고랑을 판다
강아지는 주둥이를, 송아지는 등을
사람은 발등을 덮고 잠을 청한다
각각 노림수가 다르다
씨앗은 온몸을 덮고 지구를 뚫는 꿈을 꾼다
작은 거인, 어디서 생장점을 찾을 것인가
기저귀도 갈고 떡잎도 따줘야 하는데
모종을 입양한다, 의대반을 모은다고 한다
그냥 해본 소리겠지
상식을 넘은 사람의 발상이 기발하다고 하겠는가
밭두렁에 핀 장다리는 멀뚱하게 어디를 보고 있는지

두물머리 해후

둘 다 국토에서 발원했다
두고 가는 마음이 떠나는 마음을 무겁게 잡아당긴다
아픈 허리 통증을 더칠까 말을 삼키고
언제 오나 입막음으로 연어를 들먹였다
온통 쑥을 입고 있는 산과 들
쑥향은 친숙하지만 초행길이라 씁쓰름하다

마중물이 되자고 다짐하며 올케의 마음으로
저쪽 하늘에 얼쩡거리는 소나기구름 한 자락 걷어서
아버님 영전에 한을 씻을까
들뜬 마음 피붙이 실개천도 따라나선다
만나면 무슨 말을 할까 골똘했는데
정작 만나서는 구불텅 한마음이 되었다

사는곳을 묻거들랑 쏘가리 꺽저기야
한강 1길이라고만 말하렴 원적은 안 밝혀도 되니까

시간을 아우르는 고깃배 한 척 옛 나루에 매여 있다
'어, 많이 잡았어요?'
소리는 다릿발 언저리에서 증폭되고
문득 쑥버무리 생각이 난다
팍팍한 다리 오늘 밤은 쑥 우려낸 물에 족욕을 해야겠다

라일락의 혈통

라일락의 혈통

게 누구 없소
화창한 봄날 바람결에 묻어오는 향
외국 병사는 파란 하늘 가 한 조각 구름처럼
향수를 달래다가
제복 소매 끝에 매달리는 감상感傷을 떨치며
고개를 세게 흔든다
화장대 주변 무엇이나 입으로 가져가던 아기 적
어머니의 젖가슴 같은 향수
게 아무도 없소
귀국길에 입양도 통관도 없는 공항
약봉지에 담아간 수수꽃다리 씨앗 몇 알
화분에 뒤슬러 변신을 거듭한 어느 날
향내가 양심을 간지럽혔던지
미스김라일락을 접목했다
후일 뿌리를 찾으러 수수꽃다리 앞에 섰으나
외손으로 알아보지 못한다
게 사람 있소
다문화 꽃동산에 라일락 기념 식수를 할 것이오

ㅁ

말꼬투리

좀처럼 입을 열지 않던 스승께서
낙석을 들어 물속에 던지듯 풍덩 한 말씀
제자가, 선생님은 역시 핫하고 쿨하십니다
스승님의 눈썹 몇 올이 섰던가

저녁때가 되어 사모님이
여보 계란찜을 할까요, 후라이를 할까요
사전에 프라이는 있어도 후라이는 없다오
화이팅 말고 아자아자는 안 돼나요
운동선수들이 선전을 다짐하는 구호인데, 나 참
요즘은 할머니들도 홧팅 하더라고
「F」는 「ㅍ」으로 약속했으니 따라야지

그날따라 다른 제자가 와서
자기네 회사는 사원 복지를 잘 챙긴다고
사내에 어린이집, 체력 단련실, 자기 개발을 위한 연구실도
갖추고 있다고
'워라벨'을 잘 실현하고 있다고
어라, 벨剛 소리 다 듣겠군

모자간

엄마, 오늘은 일 안 나가
응 안전이 하고 놀 거야

친구들 보고 싶다, 선생님도
코로나가 잡히면 만나게 되겠지

돌봄이 아줌마는 언제 와
시골 내려간다고 했으니 못 올지도 몰라

참, 할아버지는 통 안 오시네
미국 고모네 집에 가셨어, 잘 못 나오실 거야

혼잣말.
그리움이 슬픔이 되지 않아야 할 텐데

엄마, 뭐라고 했어
아니, 짜파게티 먹자

물구나무서기

울화가 올라올 때는
맞불을 놓지 말고
물구나무서기를 권하네요
가슴의 피가 머리로 내려가
헝클어진 타래의 가닥을 찾을 수 있다고요
신발이 지나가고, 이웃이 가고, 옆 사람이 보이고
뒤꿈치를 밟지 않으려 애쓰는 모습이 역력하네요
일부러 안 보면 놓치는 파란 하늘
고층 주거를 기웃거리는 구름도 한 점
한 무리의 참새, 방앗간도 주거住居에 밀리고
전깃줄은 지중으로 이설
냇가 갈밭에 내려와서
도정 안한 풀씨를 생식한다
걱정거리 한 가지.
혼자라도 보통 이삼인 분을 안치는데
보온은 켜졌는지
이웃이 그냥 이웃이 아니네요

미루나무숲

서글서글하여 꽁하지 않는 사람
푸근하고 냉랭하지 않는 사람
냉방보다는 그늘이 되어 주는 사람
눈인사만 보내도 손을 들어 알은 척하는 사람
객지에서 만난 고향 사람
허물을 좀 뭉개도 되는 사람
그런 나무가 고향에 가면 숲을 이루고 자란다
큰물 지고 생긴 땅에 발붙이고 사는 나무
기름지고 더불어 살기에 알맞은 땅
사람들은 그곳을 새 숲이라 한다
참외 수박은 물론 김장 채소도 넘치는 곳
바람에 곁가지를 내뻗어 심술을 부릴 때도
술렁술렁 그런 나무와도 이웃하고 사는 나무
밤이면 원두막 불 밝혀 작은 마을을 이루는 곳
학교에서 돌아오기 바쁘게
어깻죽지에 줄 매고 공놀이하던 곳
세상을 돌아 고향에 당도하고 보니
둑을 쌓아 물길을 돌리고 수중보도 만들고
옛 모습 찾을 수 없어도 가슴에 새겨진 숲은 지워지지 않네

미시령

바닷바람 쐬고
횟집 물회 한 사발 하고 귀갓길
울산바위 안부를 묻고, 시속時俗 이야기는 하지 않았다
음침한 터널에 들기 싫어
그리운 사람을 보러 가는 심정으로
영을 오른다
모롱이마다 떠오르는 영상
초년이 보이고, 쓴소리 귀에 익은 담금질도 떠오르고
중턱쯤에서 희미하게 생애가 보이고
언덕 위 소나무의 강단도 보이고
구름 또는 안개가 꼬부랑길 족적을 덮어준다
정상의 차가움, 바람 아니라도 마스크를 쓴다
홍보관은 말이 필요 없다
어느덧 해가 뉘엿뉘엿
내려가는 길은 더욱 안전이다
단풍 옷 두른 울산바위의 품위를 상기하면서
아이들 앞에 어른이 될 수밖에 없다

ㅂ

바라만 보아도 좋을

생각만으로 담아둔 그 모습
사랑도 연모도 아닌 그녀를
말과 행위 아닌 생각만으로 끼고 있는 것은
관계에 생채기를 안 내려고
속내를 가리고 풍경 속으로
옮겨심는다
사람들은 자연을 한 삽씩 떠서
정원에다 부려 놓지만
사랑을 숲속에 들여 멀리서 바라보는 것은
가까이에서 따지듯이 살피던
고운 눈매, 오뚝한 코, 앵두 같은…
예쁘다, 곱다, 망막에서 다 지우고
한 그루 나무처럼 원경으로 담는 것이다
비탈의 나무들과도 잘 어울려
한층 아름다워 보이는 것은
고운 심성 때문일 거야
이제는 그늘 속에 가두지 않고
그저 바라만 보아도 여생은 아쉬울 게 없다

봄날

햇살이 노크도 없이 침실에 든다
추울 때 양지쪽에서 만난 친구
허물없이 지내는 터수다
덮던 이불을 갈까 하고 얌전히 개켜 머리맡에 놓았다
창 너머 흐드러진 벚꽃을 본다
하마 꽃잎 한두 닢 지고 있다
진득하지 못한 성격은
사람의 마음이나 하나같다는 생각
이내 잎이 돋아나고
시계 침 움직이게 하는 것은 건전지 힘인가
붙들지 않아서 가는 것처럼
핑계를 찾는다
나른한 오후 눈꺼풀을 공구고(괴고)
졸음 쉼터 잠깐 눈을 붙일까 했는데
잠을 청해야 한다는 강박 때문에
춘곤春困을 끼고 갈 수밖에

봄날의 서정

산 데크에서 내려다본다
눈부셔 실눈을 뜨고 익숙할 때까지 비집어 본다
개나리는 병아리 부리처럼 노란 꽃망울을 물고 있다
방금 역을 출발한 전철(지상철)이
가속을 하느라 팽팽하게 바퀴를 밀고 있다
맨몸으로 서 있는 신갈나무 빈 가지에
고무 새총을 겨눌 때처럼 시선을 단다
긴 꼬리를 달고 가는 열차의 칸을 세다가
산 비둘기 청승맞은 울음 때문에 셈을 놓쳤다
끝에 딸려가는 기관차가 노인의 휠체어 같다
세대에게 하고 싶은 조언은 돌아올 때 하기로 한다
문득 아지랑이 속에 목도를 하고 가는 선로 보수반
베이비부머도 386도 그 선로 위에 있다
길을 넓히느라 고물상 임대도 내보내고
구겨진 넥타이처럼 풀어진*노면을 포크레인 혼자서 고르
고 있다
새참도 없이 밭일하시던 어머니 생각
외로움으로 각인된 모습을 지울 수 없다
삶을 짚는 의원은 오늘도 경혈에 침을 꽂는다

---

* 김광균 「추일 서정」 인용구

비비추

산야를 걸어서
벌 떼 잉잉거리는 운동회날
만국기 펄럭거리는 하늘을 품고
소금쟁이 보폭으로 물을 겅중겅중 건너서
탈출하듯 대처로
반생을 돌아 난민처럼 언덕에 댄 기항지
군항제라도 열리는가, 만난 사람
한바탕 회포를 풀어 놓고
꽃길만 걷기로 눈 끔적이
가로수 뿌리목에 터를 잡았다
거기도 바람이 거센 듯
지주목에 기대어 눈을 덮고 겨울을 났다
소녀의 단발머리 다팔다팔
어느새 반백의 서리가 앉았다
순수해서 약해 보이는 꽃대에 보라색 꽃 얹어 놓고
한 방향으로 정을 모으는 몽구스 가족

뻐꾸기의 추억

단지에 술 담가 말갛게 괴는 청주
한 잔 떠서 머금고
눈자위가 발그스름하게 한나절을 운다

시계추가 그네를 타면서
시간을 튕기던 벽걸이 자리에
뻐꾸기시계가 11시를 울고
동요를 부른 아이처럼 무대 뒤로 사라진다
그만큼 우리 주변에 가까운 새였던가

걸음이 풀어진 가장이 차도에 내려설 즈음
뻐꾸기 택시가 멈추어 선다
고단한 하루를 거두어
사납금만을 생각지 않는 기사가 행선지를 묻는다

주먹의 엄지를 맞대어 틈을 만들고
입김을 불어 넣어 뻐꾸기 소리로 화답하던 친구들
다 어디 갔는가
동산에 데크 길이 생기면서 뻐꾸기가 오지 않는다
최첨단 통신을 띄워도 안 올 것 같다

사모곡

다른 이 웃을 때 함빡 웃자
잇속을 드러내고 웃어도 좋아
이齒 자랑 광고가 아니잖아
겸양인가 손으로 가릴 필요도 없어
화상 통화에서 통역도 이때는 웃으면 되는 거야
오늘은 슬픈 표정 거두고
그리움은 흐드러지게 피어나면 되는 거야
보육원 뜨락에 할매 모습 보인 벚나무
잔가지 몇은 담을 넘고 있는데
떠나올 때 속잎은 내다 보지 않았어
설마 버리기야 했을라고, 엄마가
잎이 무성하면 애간장도 묻히겠지
두어 잎 지는 꽃잎은
만나자 헤어져야 하는 또 다른 예고인가

상고대의 본성을 짚어 보다

산마루에 우뚝한 활엽 교목
가으내 물감을 덧칠한 잎새
한 줌 훑어서 풀풀 이름을 날렸지
이장의 목소리처럼 귀에 익어 흔한 명성
명성보다는 명망이 간절한 세상
청아한 바람 밤새 빈 가지에 꽃을 달고
추상같은, 서릿발 같은 결기로 호령하면
사람들은 왜 고개를 돌리는지 몰라
설상가상이라고 안 좋은 일에 덮어씌우기 잘해
옥상옥 지붕에 눈을 얹으며 얼버무리려 하는지
누군가의 입김이 유리창에 닿아서
성에를 비집고 의자에 기대앉으면
구설에 얹혀 낙하산은 잘 펴지지 않는다
곁가지에 잔설을 얹어 놓고 눈꽃이라 한다
눈밭에서 강아지는 그리 좋은가
한나절 뒹굴다가 집으로 돌아가는 길
사람은 목줄에 끌려 뒤를 따른다

생명력

해가 한 발쯤 솟아오르자
나뭇가지들이 경쟁하듯
새순을 꼿꼿하게 세우고 있다
응달에는 겨우내 덮었던 핫이불을 개키느라
부스럭거리는 소리가 난다
먼지 탓인가 잔기침 소리 함께
곳간을 마련했는지
다람쥐 뻬낸 자리 한쪽이 소복하다
자주 드나들면서 길이 생겼다
도토리를 물어 나를 때 떨어뜨린 몇 개가
핫이불 덕에 겨울을 나고
움이 터서 노란 눈을 달고 있다
길옆이라 누군가의 발길에 채지만 않으면
햇빛 등성이에 활착할 것인데
금禁줄을 달까, 둘레길 초입을 딴 데로 틀까
출생을 외쳐야겠다

서울 입성

업무가 있을 게 있나
나들이도 아닐 테고
묵을 방은 있는가, 합가는 말도 꺼내지 마라
땀 한 방울 한강에 보탠다고 쳐도
풀잎 끝에 맺히는 천만분의 일 소동
발자국 소리 내며 다가가
흠 흠 잔기침 놓아도
살갑게 문 열어 줄 이 없다
맺힌 이슬이 얼마나 오래 달려 있겠느냐
가끔 웃을 일이 있어
소리 내어 웃어도 거기까지만.
시골 어디서 왔는지 말씨로서는 경계가 모호하다
전철 카드 찾아가라고 연락 주고
택배가 주소 찾아오는 걸 보면
용하지 용해

세태

노거수의 세월을 헤아리고자
양팔을 벌리고 안아 본다
눈금이 있는 것은 아니지만
팔이 자라지 않을 정도면 감탄, 탄복
내가 나기 전부터 터를 잡은 듯
잔가지 일렁거려 지난 일을 들추고
정수리에 뭉게구름, 앞날을 예단하기도 하지만
지금 여기
그의 풍상을 샅샅이 뒤져봐도
주먹 또는 팔꿈치 인사법은 없다
황망慌忙할 때는 출처를 안 가리고 따라 하지만
이참에 껄끄러운 인간관계를
포옹 아닌 포용으로 다스려 봤으면

소는 말귀를 알아듣는다

우이천로 42길에는 소가족 다섯 식구의 조형물이 있다
가장(황소)은 고된 일을 하고도 책을 읽고 있다
퇴근길, 보통 사람의 저녁이 있는 풍경이었으면 좋겠다
'누가 소귀에 경 읽기'라고 했는가
만만하다고 함부로 헐뜯으면 안 될 일이다
마스크가 험담을 막는 데도 유용하겠지
아침나절 등 너머 밭뙈기를 갈면서
농부와 얼마나 많은 소통을 했겠는가
뒷걸음질하다가 쥐를 잡다니.
동작이 굼뜨지도 않고 요행을 바라는 품성도 아니다
미물이라도 생명체는 발을 들어 건너뛰어 넘는다
오히려 아무데나 벗어던진 마스크는 굽으로 문지르며 간다
겨릿소의 우열을 묻는 길손에게 농부는
쟁기를 세워두고 나그네에게 다가가 귀엣말로 속삭인다
소의 영민함을 다치지 않으려는 행동임을 알겠다
송아지를 배냇소로 주려고 떼어놓으면
새끼 그리워 눈물을 흘리거나 며칠을 '엄매'하며 부른다
소는 사람처럼 정감도 섬세함을 알 수 있다

수선화의 후일담

　날개를 너무 떨어 어깻죽지가 우리하다오 참새 방앗간이라고 벌새가 꽃을 외면할 수 있겠소 근데, 둔치에 웬 못 보던 화상和尙이라 혹시 숲속 이웃에 살다가 물속으로 잠적한 그 총각 아닌가요 처자의 안부를 묻는 것 보니 심증이 가네요 처자는 애잔한 목소리만 굴리다가 길을 내면서 뚫은 굴 때문에 소리의 반향反響을 지을 수 없다고 어느 날 바닷가로 나가 갈매기 울음에 한을 섞어 버렸다오 회한이오 사랑을 눈치채지 못한 설익은 마음이 회한이오 벌을 받았으면 지금쯤 물가에 바위로 섰을게요 내 이마에 짙은 띠를 보시오 그리움에 띠를 둘렀다오 삶이 허전하오 거처를 옮길까 하고 원예 농원에 청약을 넣었다오

수승대에 대한 상념

수승대搜勝臺*의 본디 이름은 수송대愁送臺이다
퇴계 선생이 새 이름을 붙여 주었다
신라와 백제가 마주한 곳, 국경
이웃끼리도 울이나 담은 있는 법
뜻밖에도 나라의 경계가 명승이다
백제가 사신을 보내던 곳
객수야 집 떠나면 다 겪는 법
뒤돌아보면 팔 흔들고, 아쉬워 또 저으며
손님 보낸다
신임장을 가지고 넘는 사신이
역관을 대동했다는 말 들어 보았는가
동경東京 가는 가마 속에는
눈 설지 않은 토기(요강)도 들여 놓았다
여염집에 잘 때, 아침 문안드리는 영식을 보고
서벌徐伐 예법이라고 생각지 않았다

---

* 수승대: 경남 거창군 위천면 은하길에 위치한 명승지, 백제가 사신을 보내던 곳

미닫이를 밀치고 바깥을 내다보면서
밭 가는 농부를 보고 시차를 못 느꼈고
가을걷이가 철 그르다고 말하지 않았다
무왕의 혼사를 국제결혼이라고 하는 사람은 없었다

후세 사람이 교군꾼의 영에게 물었다
고라니도 못 넘어올 만큼 촘촘한 경계가
그때도 있었느냐고.
고향 까마귀인가, 자유롭게 울타리를 넘나든다

아내의 팔순

나이가 휘둘린다 싶으면 역성을 들이고
연세라 불리면 점잔을 두른다
아홉에서 영은 사다리 한 칸 사이인데
조심하느라 주춤거리고 있다
십 리 통학 길을 육 년 개근했으니
다리 힘을 빌려서라도 흥부 박 한 덩이는 딸 것 같다
이삿날 받아 놓으면 시간이 안 간다고 투덜대더니
노년엔 시간이 너무 빨리 간다고 불평이다
손녀가 마련한 생일 케이크에
초 꽂을 걱정이 태산이다
'할머니의 네 번째 스무 살을 축하합니다'
메시지를 들어 보이니
모두들 나이를 생각 않고 손뼉을 쳤다

양들의 문을 지나서

양들의 문*을 지나서 딛는 계단을
손잡이를 잡고 내려선다
누구든지 내려가는 걸음은 좀 급한 편이다
예수 성심 상을 머리에 이고
때로 온몸이 은총으로 흠뻑 젖는다
화단 가 주목은 사철 푸른 예수님 마음이고
눈을 털어 낸 벚나무는 자캐오를 반기겠지
당신은 길 잃은 양을 찾아 나서고
우리는 스스로 철이 들어서
건초더미를 헤쳐서 바람을 쐬거나
털깎기 가위를 준비한다
도심 전광판에는 건강식품 광고가 현란하고
비 그치면 우리 목초지에서는
파룻파룻 돋아나는 새싹으로 영양식을 할 것이다

---

* 양들의 문: 월계동 성당 북문 상인방에는 '나는 양들의 문이다'(요한10,7)라
고 성구가 적혀 있다.

여울목

그때 시골집은 물가 언덕에 있었지
경사면을 이루는 물길이 여울져서
우리 집으로 쏟아졌지
유숙하고 가는 친척 중에는
속세를 떠나 하룻밤 잘 잤다고
어떤 이는 잠을 설쳤는지 퀭한 눈을 하고 있었다
어릴 적부터 물줄기가 시야에 머물러도
물소리는 안중에 없었다
사소한 시비거리도 물소리가 싸잡아가고
여울은 항상 내 역성을 들었으니까
생을 돌아 몸에 감은 피륙 한 자락을 모래톱에 내려 놓고
바가지 물을 쏟아부어도
바래지지 않네, 검버섯을 지울 수 없네

연못 가의 매화나무

내가 먼저 가서 기다려야지
길 모퉁이 공터에 눈사람 숯검정 콧대 높고
신발 끝에 뽀드득 밟히는 소리
삼동 나고 오마고 했으니
좀 먼저 와 기다린다고 선심이며 낯낼 일인가
지기를 만나는 반가움이면 견줄 데 없다
아끼는 화장품 토닥거려 졸음 털고
가슴에 바람 스밀까 봐 목수건 둘렀다
머잖아 황금 잉어 당도할 것이고
방울지다 스르르 꺼지는 입가에도
속기 묻어나는 금언 같은 것
퍼 나르다 비늘이 다 닳았다
기다리다 한두 잎 지는 꽃잎의 의미를
몽당비로는 쉬이 쓸어 담을 수 없지

오리네 근황

오래 비가 안 와서 목이 탄다
이럴 때 생뚱맞게 장마에 떠내려간 둥지 꿈이었을까
어린것들을 품으려 닭장에 세 들었다
세상에는 적성을 비트는 일이 있는가 보다
우리 아이들은 안 그러고 싶어서
우악스럽게 홰를 젖히고 네 기둥을 잘라 주저앉혔다
족제비의 해코지를 막으려 찌그러진 문짝에 경첩도 달았다
수제 물갈퀴는 우선 벽에 걸어 두고
내일은 자배기에 물을 받아서라도 영법을 가르쳐야겠다

천둥 번개가 눈앞을 스치고
원두막에서 피할 소나기가 아니라면서
아이 아빠는 컴컴한 북쪽 하늘로 날아갔다
(그쪽은 전쟁이 한창이라는데 걱정이다)

수탉 대신 알람을 맞춰놔도 기상이 불규칙하다
사람들은 일을 저지르고 걸핏하면 오리발을 내미는 통에
참고인으로 나서기도 힘에 부친다
개나리 눈망울이 마치 병아리 부리 같다는 생각이 드는 데
혹시 집주인이 병아리를 들일까 또 걱정이다
뒤뚱거리는 걸음걸이로 남의 앞에 나서기가 조심스럽지만
강연회의 진행을 남에게 맡길 수 없어서
연사(백조)의 약력을 소개하면서 몇 마디 사죄의 말씀을
섞기로 한다
오늘 주제는 '다문화 가정이 어울려 사는 법'이다

우리 금슬은

아내는 가끔 가부장을 공략한다
의논할 줄 모르고 칭찬에 인색하다고
불평을 한다
권위를 앞세우는 것은 결코 아닌데
권위 운운하는 자체가 문제라고 한다
내외로 익어가면서 많이 말랑해졌다
화분에 물을 준다기에 얼른
장화를 대령하고 샌들을 수돗가에 갖다 놓았다
장마 끝인데 물주기가 급하냐고 거들어 보지만
혼잣말만 한다
아무래도 꽃보다 할배는 아닌 것 같다
아내는 발등에 신발 끈 자국이 하얗게 나 있다
부지런하다는 인증 마크인 셈이다
우리의 금슬은 벽에 기대어 있고
'퉁' 하고 산조라도 퉁겨야겠는데
가끔 바가지 긁는 타령조가 들리기도 한다

우리들의 반주게미*

그때는
요새처럼 장난감 세트를 구입하는 것이 아니라
자급자족으로 장만했다
사금파리 가장자리를 다듬어 밥그릇
병뚜껑은 국그릇
뚝배기 조각 빻아 양식 삼고
비름 뜯어다 나물 반찬
나는 신랑, 너는 각시
강아지풀 꺾어 갑 속에 재우고
오순도순 정말 재미스러웠다
강아지풀 손바닥에 올려놓고
오요 오요**하고 부르면 꼼지락거리는 시늉도 했다

갑자기 훼방꾼이 나타나 살림살이를 날려버렸다
둘이는 강아지풀 수염을 붙이고
눈을 부릅뜨며 호통을 쳤다
꿈에 폭파하는 장면을 보았다

---

* 　반주게미: 소꿉놀이의 경상도 말
** 　오요 오요: 강아지를 부를 때 쓰는 구호

원상복구

재개발 지구 찻길을 새로 내면서
도로로 쓰던 복개 구간을 돌려준단다
홍수가 나면 퇴로가 없고
노인 자전거는 기둥을 만나 평정심을 잃었던 곳
십 년에 한 번 핀다는 행운목이 향기를 뿜던 날
누이의 입원 소식을 들었다
전화를 받은 곳 낮에도 침침한 복개 다리 밑이었다
행운의 역설인가
너무 웃어도 눈물이 난다고 하던가
공사가 끝나던 날 낮달도 입이 귀에 걸렸었다
그런데 동전은 늘 양면이다
여름 뙤약볕 그늘을 만들어 주던 곳
여울을 거스르는 잉어의 뚝심을 보았고
소나기를 피하여 뛰어들던 곳
이제 모든 관심사는
공터를 어떻게 활용하는가에 있다
한결같은 소망은 소공원을 조성하는 일이다
그러나 물 건너는 구가 다르단다
무슨 말씀, 우리는 그쪽 구민은 아니지만 시민이다

이순이며 이명이며

요람에서 그해 여름을 살랑거리다가
조잘거리는 생애를 성큼성큼 황새걸음으로 따라간다
하마 갑년의 다리를 건넌다
이순耳順이면 철들 나이라는 성현의 말씀이 떠오른다
소沼의 둘레를 몇 바퀴 돌면서 이웃과 소통하고
'진작'이라는 말을 입에 물고 뱉지는 않았다
올라갈수록 언덕은 높고 폭포의 물소리 함께
풀벌레, 매미, 카랑한 산새 울음
환청인가 엉뚱하게 귀뚜라미 소리 또는 낙숫물 소리
어디를 가나 훼방꾼은 있는 것 같다
매사를 울음으로 뻗대던 세 살 적 버릇이
여든까지 따라와 핀잔의 빌미를 주고 있다

인사법

엘리베이터 거울 면에
'우리 서로 인사해요' 스티커가 붙었다
너무 조심스러운 표현이다 싶어
'먼저 인사 합시다'로 바꿨으면 하고 생각했다
행동으로 옮기는 게 문제고 오래 지속돼야 하니까.
인사는 아무나 먼저 하고 노소가 없어야 한다
요새는 주먹이나 팔꿈치를 갖다 대지만
너무 거칠어 보여 다른 궁리를 한다
악수를 할 자리에 눈인사만 해도 된다
볼을 대는 공항 인사가 빨리 등장해야 할 텐데.
자주 만나면 층간 시비도 사라지고
눈 오는 날 비질도 먼저 할 거야
이사 떡 먹어본 지 오래다
이웃사촌이라는 말이 왜 생겼는가

자비에 기대어

꽈배기 집이 오랜만에 문을 열었다
구미가 돌아 인사 겸 들렀다
종업원도 안 보이고 사장님 손수 튀김 그릇을 달구고
있다
기름이 왁자지껄하기를 기다리는 동안
코로나에 관한 이야기를 띄운다
하나님의 진노가 문 앞까지 다다랐다는
권사님(사장님)의 말에 찔끔 켕기는 게 있어도
전적으로 찬동하지 못한다
하느님은 분노에 더디시고* 인내하는 분이시다
하느님의 자애는 끝없으시다는 말씀에 몸과 마음을 기
댄다
이 걷잡을 수 없는 난국에
성령의 역사하심과
천사들의 잰걸음이 지구를 누빌 것이라는 믿음 때문에
하느님 당신이 죄악을 헤아리신다면 주님 감당할 자 누
구리이까**
마음속에 새겨 본다

하고 입술을 딸싹거린다

베드로 광장에서 홀로 무릎 꿇고 기도하는 교황님의 모습을 보고

우리는 무엇을 헤아려야 되는지 깊이 생각해 본다

자투리

밥상 보가 덮여 있네, 정갈하게
자투리 시간을 쓰다 보니
생활이 들쭉날쭉하다
잔업은 대형 매장의 형편에 따라 정해진다
땅 한 평 막내를 생각해서 고추를 심으려고 했는데
둘레길을 내면서 뭉개버렸다
길 끝에는 수목원이 있다
생활 쓰레기를 덮어 숲을 만들어
유휴지를 유용하게 쓰고 있다
큰 호응에 민원은 안 챙겨도 문제가 없다
덕이네 콩밭은 고속도가 생기면서
밭뙈기가 자투리땅이 되었다
지하도로 다니다 보니 들길이 멀어졌다
그래도 두부 전골은 양념 맛이다
소수의 주장도 외면하지 않는다고 해서
보상에 관한 운을 떼어보니
유실수를 심은 사람이 많다
시간 계획을 따로 세울 수 없고
결국은 밥상 보의 한 귀퉁이가 될 수밖에

잔도栈道를 타다

옆구리를 간질여도 태연한 척
웃음을 참느라 눈물을 찔끔거리며
당찬 모습 보이려고 눈을 크게 뜨고 버틴 적 있다
바위 벼랑에 정을 박았다
일상을 죄려는 듯 샛길을 걸어가라 한다
피붙이 온기, 이웃 사랑, 겨레의 얼을 상기시키듯
매화말발도리 뿌리를 박고
잔잔한 웃음으로 다가온다
맨정신으로는, 손발을 다 동원한다 해도
범접할 수 없는 바위 벼랑
늑골 사이 경혈에 침이 간들거린다
어지러워서 기고 싶다
건너편 벼랑에는 군데군데 폭포가
혼수 감을 뜰 때 자풀이처럼
두루마리를 감았다 펼쳤다 물보라가 이쪽까지 시원하다

잠자리의 고공 연습

장맛비의 변덕을 따르기보다
준비성 없다는 말이 듣기 싫어
우산을 펼쳐 들었다
금방 비 그치고, 아직 접지 않은 사람도 있다
초가을 하늘처럼
한 떼의 잠자리가 군무를 돌고 있다
순간 고향의 풍경인가 싶어 깜짝 놀랐다
기차놀이를 할 때처럼 종대로 가기도 하고
수건돌리기라도 하는지 원을 그린다
또 한 무리는 솟구치기도 한다
비대면의 거리, 객석의 얼굴이 보고 싶어
연습이라는 걸 잊어버리고 푹 빠졌다
박수 소리는 효과음으로도 낼 수 있고
서로가 너무 간절하다
떼어 놓은 기간이 너무 길어서
뮤지컬, 태양광 패널을 보면대처럼 세워 놓고
(날이 흐린 틈을 타)
악보를 펼치고 지휘를 한다
어느새 구름 한 자락 인수봉을 가렸다
언젠가 공연 날이 잡히겠지

장보기

매장을 한 바퀴 둘러 본다
골라 담는 장바구니가 가볍다
몇 사람 진열대 앞을 지나갔는데
선반은 잘 정돈되어 함치르르하다
외가 가는 버스는 탔다 하면
가로수가 내 앞으로 쏟아졌다
진열대가 기우뚱 넘어질까 걱정된다
과민인가, 물가는 그렇게 늘 공격적이다
식료품의 냉장칸이 시리다
카트기를 타고 신나던 아이들도 훌쩍
어른이 되었다, 그네들은 주말에 모개로 장을 본다
계산대에서 전화번호 끝자리를 불러 주고
가마솥, 식구대로 밥을 푸고 누렁지 긁던 생각을 한다
고물가를 검약으로 항변한다

접는다는 말

어린이는 놀이방 색종이를 접어
바지저고리를 맞추었다
더 신이 났는지 목줄 없는 강아지를 만들어
허리께를 잡고 맴을 돈다 이윽고
놀이를 통째 접고 간식을 먹여 재워야 하는 다른 손
가용家用이네는 한때 공장에서 종이 뭉텅이를 받아다
봉투를 접어서 목의 풀칠에 보탠 적 있다
큰 기업은 휴대 전화 허리를 접어
시민의 맘에 기이한 바람을 일으켰는지
양탄자를 타고 자오선을 넘나드는 신드바드가 되었다
혈연을 접을 수 있는가
무촌無寸을 웨치며 돌아섰다고 매듭이 풀리는가
자식은 매듭 공예의 정점이다
모처럼 얻은 일자리 쉽게 접어서는 안 된다
접는다는 말을 긍정으로만 들으면 세상은 한결 푸근해질
것이다

종점 근처

몇 번째 행보인가 중간에 회차하는 수도 있다
자율 운행이라 해도 손을 놓을 수야 없지
안전은 물론 실직은 막아야지
대놓고 먹는 밥집은 눈감고 갈 수 있다고
돌다리도 두드리라는 말이 떠오르는가
정류소마다 내리고 타는 사람
가령 옷깃은 얼마나 스쳤겠는가
반복 학습이 통할까, 밑줄 긋고
형광펜까지 동원해도 안 풀리는 문제가 있어
개미 쳇바퀴를 굴려도 몽근 가루 얻기가 쉽지 않네
다람쥐는 무슨 놀이처럼 돌더라고.
느티나무 아래 벤치에 상념에 젖은 할머니 한 분
버스 옆구리를 두드리면 차가 늘어났다가
출발하면 제자리로 돌아오던 시절
방금 한 대가 도착했군. 멀끔한 귀태를 비교할 수 없지

주산지 왕버들

오래 걸어서 부르튼 발을 담글까, 개울이다
물막이 둑을 쌓느라 분주한 저쪽
고의를 입은 채 경사면
누가 떠미는 것처럼 순식간에 배꼽이다
벗어 놓은 등짐이 눈에 밟힌다
숨을 얼마나 참을 수 있을까
자맥질하며 수심을 가늠해 본다

왕이 버들 앞에 서는 것은
풍상을 밀어내는 뚝심이다
봄 여름 가을 겨울 그리고 또 봄
눈빛 초롱초롱한 별이 뜨고
호고 감치던 사계의 이음매에
헝겊을 덧댄 시린 삶을
물에 물 타듯이 희미한 전설로 희석하지 않았으면
굽은 허리 여린 가지가 수중으로 처질 때도 있었다
아침 잉어는 바깥이 궁금한지 텀벙 포물선이다
공기뿌리氣根를 빗질하며 숲속의 이웃에 안부를 띄우고
지금은 또 그 생각, 묘포의 아기 버들이 물가에 나와
그 해맑은 얼굴을 비출 날은 언제쯤일까

지극히 소박한 소문

빈집인가
굴뚝이 삐딱하게 손본지 오래된 것 같다
그런데 그 집에서 연기 나는 것을 보았다는 사람이 있다
봄날 아지랑이 운애가 퍼져서
밭 가에 나른한 춘곤
들에, 반공중에
노고지리 우는 소리를 들었다는 사람이 있다
환청인가
지지배배 하고 울더란다
누구든지 그렇게 운다고 생각한다
아이는 동화책에서 비슷한 소리를 들었다고 한다
노고지리와 종다리는 다른 새인가
밭두렁에 험담 아닌 전설이 무성하다

진달래·나들이

연분홍 꽃술이 그녀의 본심이고 입술이다
산그늘 응석도 지나치는 곳
데크 모롱이에서 만나면 외지인 같이 우아하다
상수리나무는 겨울옷 세탁도 안 맡겼는데
빈 가지에, 맨살에 나비 연서 달아 놓고
한두 차례 시샘을 견뎌낸다
혼주 때 입은 두루마기를 꺼내어
동정을 좁혔다 넓혔다
장롱 속 세월을 헤아려
속 고름을 여민다
인척 혼사에 하객으로 가서
오늘은 객석에 앉아 눈여겨보는 꽃, 사람, 봄이
내 눈에는 모두 고향이다

차츰 보이는 법

처서 지나고

천변 억새와 갈대

처진 눈발 난만 눈송이

청둥오리의 노동

차츰 보이는 법

보이는 것은 보이지 않는 것(곳)에서 비롯되었다*
보이지 않는 것, 인식의 팔이 짧아서 닿지 않는 것
마주하고도 지나친 것, 소나무 가지 위 청설모의 재롱
을 못 본 것
골짜기의 물소리 등성이 바람 소리 가지의 새소리는 들
음으로써 보이는 것
비를 머금은 구름 한 자락 산봉에 닿아 소나기 내리고
마당 가에 떠내려가는 나뭇잎을 보는 것은 천둥 번개의
경각심이었다
밤하늘 유난히 반짝이는 별 하나
광년을 헤집고 시야에 들온 것
고향 사람의 뒷모습이라고 등을 툭 쳤는데, 멀뚱멀뚱한
얼굴
하느님의 부드러운 손길에 닿아야 있는 것
성령을 간청한 것, 우크라이나 앞에 망설인 것, 봄바람처
럼 양심을 간질이는 것
그분 말씀으로 지으신 것, 믿음을 딛고 일어서는 것
돌다리를 두드리는 것은 의구심이 아니라
믿음을 다지는 점검이었다

———

* 히브리서 11장 1-3절

처서 지나고

조회대 언저리를 맴돌던 바람이
개학을 준비하는지 부스럭거리고 있다
몰아 쓴 일기에 날씨가 빠져 있고
그냥 아침저녁 조금 선선하다고 본문에 적었다
번차례를 교대하러 초소까지 올라온 것을 보면
절기 사이에는 웬만큼 신뢰가 쌓인 듯
앞뒤 말이 다른 사람 앞에서는
주춤거릴 때가 있다
그래도 한낮에 꼼짝하지 않는 더위를
쥘부채로 밀어내느라 안간힘이다
노염, 오래 머물면 노욕으로 비칠 수 있어
벌레를 쫓는 척 이마의 땀을 훔친다
그새 잘 영근 울콩(강남콩) 따다가
생일 밥 지을까 보다
울타리 가를 쉬이 못 물러나는 뜻을 알 것 같다

천변 억새와 갈대

비혼 또는 독신을 내세우거나
무슨 주의자라고 강조하지 말 것
'졸혼'은 본인들끼리만 약조하고 웨지 않았으면 좋겠다
참 잘 했다 소리 들으려 재혼을 선택한 건 아닌데
산등성이도 아니고 웅덩이도 아닌 외진 곳에서
혼자 시린 것보다
차라리 천변으로 내려가서
갈대에 섞여 물억새가 되기로 했다
파뿌리까지 가는 가약은 아니더라도
그냥 물기에 젖어 오순도순 살다 보면
마찰음 들릴 일 없어 촉촉할 거야
요새는 금발 은발도 너무 흔해서
해로의 기준으로 정할 수는 없지만
바람 불면 좀 서걱거리는 것은 자연 아닌가
핏줄은 닿지 않아도 남매가 된 잉어가
새 아버지, 어머니 곁을 빙글빙글 돌고 있다

천진 눈발 난만 눈송이

공중에서 조금 술렁대다가
고층 옥상에 내릴까 망설이다가
다문화는 동화 속 놀이터에 내리고
동남아는 솔숲으로 갔다
미끄럼틀 하얗게 보존되어 있고
마당에는 애기 발자국이 서툴다
공차기에 열중한 아이들은 코코넛이 간절하다
눈발은 푸들의 목줄에도 감기고
애기와 함께 뒹굴었다

숲속 낮에도 불 켜진 집
거실에 걸려 있는 단발머리 소녀
엄마의 휴가는 겨울 친정에서 헤프다
열불 끄기, 동치미 막국수의 감칠맛
까만 피부를 다스리는 눈꽃 가지
솔잎 끝이 따끔하다
바람도 없는데 부스럭거리는 소리
활강을 위해서 리프트로 옮겨 앉는다

눈은 쉴 새 없이 내리고
세상은 일색으로 저문다

청둥오리의 노동

구만 리를 날아와서 날개 죽지가 아파도
마땅히 들 곳이 없다
잠자리 구하기가 힘들다
철새라서 그때마다 계약서에 서명했다
짜놓은 식단이 아니기에
돌에 붙은 이끼를 걷어 먹거나
물풀을 뒤져야 하니까 턱이 뻐근하다
먹는 것이 부실해도 알은 크게 낳아야 한다
달걀보다 큰 것, 연장근무를 해야 한다
오리 중에도 갑옷을 두른 압족鴨族이 있어
눈치 보는 수가 더러 있다
잘못하면 미운 털이 박히니까.
배고픈 날은
유모차 애기의 뻥튀기 과자도 받아먹는다
바닥을 덮고 있는 모래를 준설하여
물장구라도 맘대로 칠 수 있으면 좋겠다

키질

키질

앉은 자리가 맨송맨송하거든
날씨를 이야기하라
편지글에도 문후問候를 화두로 삼지 않는가
앞사람과 스스럼없이 손잡을 수 있으니 말이다
강연, 담론 혹은 고전에서 성현의 말씀
듣기는 빨리하고 대답은 신중할 것*
분위기를 띄운다고 불쑥 내뱉은 말이
공략의 빌미가 될 때가 있다
입이 가벼운 사람들일수록 한 마디씩 거든다
그들의 말을 까불면 쭉정이가 숱하게 나올 걸
조곤조곤 말하는 사람은 재미있다고 생각하면서
큰 인물로는 여기지 않는 것 같다
전광판의 광고, 입후보자의 공약을 키질하고 나면
자루에 담을 알맹이가 얼마나 될까
가까이하기가 조심스러우면서도
사람의 마음은 믿음이 가는 쪽으로 기운다

---

* 집회서 5,11

태극기 마음

태극기 마음

아빠, 우리 집에는 국기가 안 걸렸어
응. 그게 그러니까, 왜냐하면…
휴일, 공휴일, 국경일에
국기 게양을 빠뜨린 집이 많았어
태극기 부대가 차도에 내려섰다는군
새로 편성한 전투 부댄가
태극기 앞에선 모두 한마음
경기장의 큰 태극기 물결을 보았는가
철조망 순찰조는
옷 벗을 때까지 태극마크 아니던가
호랑이 할아버지 무릎에서 손자가 재롱부리듯
근엄을 많이 내려놓았어
선수의 유니폼에 태극 무늬가 보이고
국경일이 이어지면 한뎃잠을 자기도 하지
점령군 앞에서 태극기를 품고
얼마나 가슴 뜨거웠던가
너무 서둘지 마, 조급증
문이 닫히거든 다음 열차를 기다려
방향을 틀 때는 제자리걸음으로 항오行伍를 맞출 것
황새 다리로도 뻐근할 때가 있어
마음도 청진기를 대야 할 때가 종종 있다네

포

파도의 속내

포도밭 주인에 대한 묵상

풍선 띄우기

파도의 속내

땅 짚고 익힌 헤엄이라
웬만한 파랑도 배밀이로 닿고저
경계를 침투할 때처럼 낮은 포복이다
울렁이는 가슴
멀미하는가
몸을 뒤집어 파란 하늘, 흰 구름을 본다
눈 부신 햇살
살갗에 그을음 내리고
토할 것 같은 기상氣象
누워서 하는 파도타기라
콧잔등이가 시큰거린다
말을 아끼는 편은 아닌데
가서 성실히 답하겠습니다, 철썩
방파제에는 온종일 허옇게
진실을 헹구고 있다

포도밭 주인*에 대한 묵상

보호자 직업은 여전히 공란이군요
포도밭은 잡초나 뽑는
허드렛일 하는 농장이 아니에요
가지치기, 과실 솎기, 거름주기
숙련이 필요하답니다
종일 서성대다가
사가는 사람이 없으니, 풀베기라도
일거리에 비해 전문성이 홀대받고
학력이 헐거울 때가 많습니다
비정규직은 어느 둥치에서 나온 가지입니까
평지보다 비알이 많습니다
선한 포도밭 주인은 일꾼을 사 가는 사람 편에서
한 데나리온을 보장합니다
작업량에 대한 보상은 잠시 밀쳐두고
자비심을 발동합니다
공중 나는 새들**을 보며
다시 한 번 생각에 잠깁니다

---

*   마태오복음 20,1-16
**   마태오복음 6,26-34

풍선 띄우기

  모두들 숙이고 있어 말 붙일 데가 마뜩잖다
  명성은 높은 가지에 앉아 있지만 명망이 아쉽다
  물가는 잡힌 듯한데 경기는 매양 부양浮揚이다
  침이 마르도록 칭찬인데 소쿠리 비행기 아닌가
  막내는 실을 놓쳐 천장에 붙은 풍선과 동숙
  맞이는 검지에 실을 감고 손가락이 파랗게 하염없이 바
라본다
  솜사탕 아저씨는 둘러선 아이들에게
  색깔이 각각인 풍선 꼬챙이 하나씩 들려준다
  꿈나무들의 귀가는 마냥 들떠 있고
  잠시라도 영상에서 눈길을 떼어 놓아야 한다

하지 무렵

한낮

하지 무렵

고무줄을 한참 당겼는데 아직도 낮이다
줄을 놓으면 애먼 새가 맞을까 봐
집게손가락이 느슨하게 딸려간다
밤잠을 설치는 일은 줄어들 것 같다
햇감자가 나왔는가
귀농댁은 일손을 못 구해 수확이 늦은가 보다
가까이 사는 일가가 오고
두둑 비집고 나온 감자가 하늘을 봐서인지 자주색이다
요즘 경기장에서는 선수의 피부색을 따지지 않는다
귀촌 후 밭에서 얻은 푸성귀는
나누어 먹고 지내는데
도우미 친척은 가지고 온 포대에 유성 펜으로 이름을
적어 놓았다
세대, 세태도 마음은 층이 지는 것 같다
장거리 검은 봉지엔 감자인 듯 씨알이 볼록볼록하다

한낮

여름이 뭉그적거리고 앉아 있다
장정 두엇이 밀어도 헛짚을 뿐
그래도 느긋한 성질 탓에 온갖 실과가 들앉는다
아무거나 거머쥐면 끌어당기는 버릇대로
손에 부채라도 들어야 하는 마음에
살랑살랑 소소한 일상을 챙그리다
작은 것이라도 내주는 것은 멈칫거리다 보니
행운목 잎사귀는 저 혼자 간들거린다
숨통이 좀 트인다
한 지붕 아래, 화장실을 갔는가
선풍기 혼자서 돌고 있고
사무실은 너무 틀어 빵빵하게
긴 소매를 걸쳐야 하는가 보다
기기에서 끙끙 앓는 소리가 난다

잃어버린 원형적 삶을 찾아서

김두한 (시인·문학박사)

신중혁(1938 ~) 시인의 시는 일상적인 대상을 통해 보편적 주제를 탐구하며, 독자에게 감각적이고 사유적인 미학적 경험을 제공한다. 그 결과 그의 시는 심오한 울림을 주는 미적 성취를 보여준다. 2019년 60년간의 대구 생활을 접고 서울로 이사한 이후 2024년 여름까지 쓴 시들을 묶은 이번의 이 일곱 번째 시집 『서울 입성』도 여기서 예외는 아니다.

본 글에서는 신중혁 시인의 이러한 미학적 성취는 재론하지 않고, 시집에 실린 68편의 시들에서 드러나는 '원형적 삶에 대한 열망'과 이를 통해 현대적 문제를 극복하려는 메시지에 주목하고자 한다. 특히, 시에 나타난 소외와 단절 극복, 자연과의 조화 복원, 역사적·공동체적 정체성 회복, 그리고 고향과 원형적 삶에 대한 회귀를 중심으로 분석하여, 시인이 제시하는 새로운 삶의 가능성을 살펴보고자 한다.

1. 소외와 단절 극복

　현대 사회에서 가장 두드러지는 문제 중 하나는 인간적 유대와 공동체적 관계의 약화이다. 물질적 풍요와 기술적 발전에도 불구하고, 개인은 점점 더 고립되고, 관계는 표면적 수준에서 단절되기 쉽다. 이러한 문제는 노년층의 고독에서부터 대도시의 익명성에 이르기까지 다양한 양상으로 나타난다. 신중혁 시인의 시 〈거미의 입지〉와 〈서울 입성〉 등은 바로 이러한 현대적 소외와 단절의 문제를 심도 있게 탐구하며, 이를 극복하려는 인간적 열망을 담아낸다. 이들 작품 모두 일상의 구체적인 이미지를 통해 공동체의 붕괴와 고립의 현실을 비판하며, 인간적 관계의 회복과 소통의 필요성을 역설적으로 드러낸다.

> 맛집 앞 긴 행렬
>
> 급식소 옆줄은 휘어져 있다
>
> 벽보의 시선은 엉뚱한 데를 본다
>
> 제철 만나 외등에 불이 켜지면
>
> 부동浮動의 날갯짓에서 목쉰 소리가 난다
>
> 사람 사는 집에는 그물을 내리지 말라 했는데
>
> 목이 좋아 자리를 옮기지 못한다
>
> 그물이 출렁 가슴이 철렁
>
> 어르신은 통신을 안 하니까
>
> 가끔 마당 비로 처마를 걷기 때문이다
>
> 지팡이가 기둥에 기대어 있고

잔기침을 놓아 인기척을 낸다

바깥세상이 궁금한지 보청을 했는데

소리가 증폭되어 진실을 들을 수 없다

찾아오는 피붙이가 없는 것 같고

임종은 거미 몫이 되려나

– 〈거미의 입지〉 전문

시 〈거미의 입지〉는 거미와 어르신의 이미지를 통해 현대 사회의 소외와 고립 문제를 비판적으로 드러낸다. 고령화 사회 속에서 단절되고 고립된 노인 세대의 현실을 탐구하면서, 공동체의 약화와 개인주의가 심화된 현대 사회의 문제를 강조한다.

고령화 사회에서의 노인 소외 시 속 어르신은 바깥세상과 단절된 인물로 그려진다. "통신을 안 하니까"나 "보청을 했는데 소리가 증폭되어 진실을 들을 수 없다"는 구절은 노인이 외부와 소통하려 해도, 단절된 현실과 잘못된 연결만이 있을 뿐이라는 점을 강조한다. 이는 현대 사회에서 많은 노인들이 고립된 채 살아가는 현실을 비판하는 것으로 읽힌다. 고령화가 심화되는 가운데, 노인들이 물리적, 심리적으로 고립되고 공동체로부터 방치되는 문제는 심각해지고 있다. 이 시는 이러한 현실을 날카롭게 짚어내며, 노인 복지와 사회적 관심이 필요함을 암시한다.

공동체와 가족의 부재 시에서 "찾아오는 피붙이가 없는 것 같고"라는 구절은 노인을 찾아오는 가족이나 공동체의 부재를 드러낸다. 이는 가족과 공동체가 더 이상 노인을 돌보는 안전망 역할을 하지 못하고 있음을 비판하는 부분이다. 현대 사회에서 가족 구조의 변화와 개인주의가 심화되면서, 노인들이 홀로 남겨지는 경우가 많아지고 있다. 이 시에서 거미와 같은 어르신의 존재는 공동체의 소홀함을 반영하며, 더 큰 사회적 책임의 부재를 상기시킨다.

사회적 소외와 정보 불균형 "보청을 했는데 소리가 증폭되어 진실을 들을 수 없다"는 표현은 정보의 과잉 속에서 진실을 찾기 어려운 현대인의 모습을 보여주기도 한다. 특히, 디지털 정보 시대에 소외되는 노인층은 정보의 불균형 속에서 외부 세계와 소통하지 못하고 오히려 진실로부터 멀어지는 결과를 맞게 된다. 이는 단순히 개인의 문제가 아니라, 정보와 기술에 대한 접근성이 제한된 노인층을 사회가 배제하고 방치하는 문제로 이어진다. 이 시는 노인들이 기술과 정보에서 소외되면서 경험하는 단절과 불편함을 비판하며, 더 나은 접근성과 지원이 필요함을 암시한다.

거미의 이미지와 인간의 위치 시 속에서 거미는 외등의 불빛에 이끌려 제자리에 머무는 모습으로 묘사되며, 어르신 역시 고정된 위치에서 벗어나지 못한다. 이는 현대 사회에서 경제적 위치나 계층, 나이 등의 이유로 이동성과 선택의 자유가 제한되는 사람들의 모습을 반영한다. 이 시는 거미의 거주지와 어르신의 집을 통해, 자신이 처한 사회적 위치에 갇혀 움직일 수 없는 현대인의 삶을 풍자한다. 나아가 이는 노인뿐 아니라 사회적 약자들이 느끼는 고립감과 불안감을 상징하며, 계층 간 이동과 사회적 안전망이 부재한 현대 사회의 문제를 비판하고 있다.

종합 시 〈거미의 입지〉는 현대 사회의 고립된 노인상과 공동체의 약화, 정보 격차와 계층의 고착화라는 사회적 문제를 고발한다. 이 시는 노인과 사회적 약자들이 경험하는 고독과 소외를 심도 있게 탐구하며, 더불어 살아가는 공동체의 중요성을 강조하고, 노인 세대에 대한 배려와 사회적 안전망 구축의 필요성을 역설적으로 제시하고 있다.

업무가 있을 게 있나

나들이도 아닐 테고

묵을 방은 있는가, 합가는 말도 꺼내지 마라

땀 한 방울 한강에 보탠다고 쳐도

풀잎 끝에 맺히는 천만분의 일 소동

발자국 소리 내며 다가가

흠 흠 잔기침 놓아도

살갑게 문 열어 줄 이 없다

맺힌 이슬이 얼마나 오래 달려 있겠느냐

가끔 웃을 일이 있어

소리 내어 웃어도 거기까지만.

시골 어디서 왔는지 말씨로서는 경계가 모호하다

전철 카드 찾아가라고 연락 주고

택배가 주소 찾아오는 걸 보면

용하지 용해

– 〈서울 입성〉 전문

시 〈서울 입성〉은 도시 생활 속에서의 소외와 인간적 무관심을 드러낸 작품이다. 시 속 화자가 서울에 입성하면서 겪는 경험은 현대 도시의 차가움과 익명성, 그리고 외지인이 느끼는 배타적 분위기를 상징적으로 보여준다.

도시의 차가움과 소외 이 시는 "업무가 있을 게 있나, 나들이도 아닐 테고"라는 구절에서 화자의 서울 입성이 그리 특별하거나 환영받지 못한 일임을 암시한다. 서울은 화자에게 개인적인 목적이 아닌 무미건조한 공간일 뿐이다. "살갑게 문 열어 줄 이 없다"는 구절은 도시의 비인간적이고 소외된 환경을 상징하며, 익명성과 거리감으로 인해 겪게 될 차가운 관계들을 보여준다. 이는 대도시에서 느껴지는 고립감과 더불어, 인간관계의 단절을 비판적으로 묘사하는 것이라 하겠다.

외지인에 대한 배타적 시선 "시골 어디서 왔는지 말씨로서는 경계가 모호하다"는 구절은 외지인에 대한 경계와 편견을 상징한다. 도시는 외지인에게 쉽게 마음을 열지 않는 배타적인 공간으로 묘사되며, 이를 통해 지역 차별이나 도시 속에서의 계층적 시선을 반영하고 있다. 도시의 주민들은 외지인의 출신이나 언어를 통해 무의식적으로 그를 구분하고 거리를 두는 태도를 보인다. 이는 대도시가 외지인에 대해 냉담하고, 다문화나 타 지역의 공간적 배경을 쉽게 수용하지 못하는 사회적 문제를 비판한다.

도시 생활의 무관심과 일상성 "땀 한 방울 한강에 보탠다고 쳐도 풀잎 끝에 맺히는 천만분의 일 소동"이라는 표현은 대도시에서 개인의 노력이 아무리 크더라도 전체적 맥락에서는 미미하고 무시된다는 사실을 상징적으로 보여준다. 이는 도시가 개인의 존재감을 희석하는 환경임을 나타내며, 도시 생활 속에서 개인이 느끼는 무력감과 소외감을 반영한다. 도시는 하나의 기계처럼 돌아가며, 그 안에서 개인의 존재와 노력이 별다른 의미를 지니지 못하는 현대 도시의 비인간적 현실을 드러낸다.

도시에서의 상호작용의 부재 이 시에서 화자가 "흠 흠 잔기침 놓아도" 누군가 살갑게 응대하지 않는 장면은 도시 생활 속에서 사람들 사이의 관계가 얼마나 단절되어 있는지를 상징적으로 보여준다. 도시에선 다른 사람과 쉽게 친해지거나 소통하기 어려운 환경임을 강조하며, 이로 인해 사회적 연대감이 약해지는 문제를 비판적으로 드러내고 있다. 이는 도시화가 진행되면서 사람들 간의 상호작용이 점점 줄어들고, 인간적 연결고리가 희박해지는 현대 사회의 문제점을 말하고 있다.

종합적으로 "서울 입성"은 도시의 익명성, 외지인에 대한 배타적 시선, 그리고 인간적 무관심과 소외의 문제를 통해 현대 도시 사회의 차가운 현실을 비판한다. 이 시는 인간관계가 단절되고 개인이 소외되는 도시화된 사회에서, 따뜻한 관계와 인간적 연결을 되찾아야 할 필요성을 역설적으로 드러내고 있다.

2. 자연과의 조화 복원

현대 사회에서 인간과 자연의 관계는 점점 더 단절되고 왜곡되고 있다. 도시화와 산업화로 인해 자연은 단순한 자원의 대상으로 전락했으며, 인간의 이기적 간섭은 생태계를 파괴하며 자연 본연의 질서를 훼손하고 있다. 신중혁 시인의 시 〈검은 마음 주의보〉, 〈상고대의 본성을 짚어 보다〉 등은 이러한 문제를 비판적으로 드러내며, 인간과 자연의 관계를 재조명하고자 한다. 이들 시는 자연의 강인함과 아름다움을 통해 인간 삶의 본질적 균형을 회복하려는 메시지를 담고 있으며, 자연과의 조화로운 공존이야말로 잃어버린 삶의 원형을 되찾는 열쇠임을 시사한다.

조경하느라 옮겨온 금강송이
이발하면서 치깎은 두상 같다
잘려나간 굵은 팔뚝엔
진으로 상처를 싸매고 있다
재심이 없다, 온전히 정원사의 처분이다
삼심도 억울함을 감싸지 못할 때가 있다
목숨을 부지한 게 만행이지
올봄에도 송순 한 마디씩 밀어 올렸으니

어느 날 이 멀쑥한 나무에 백로가 날아왔다
청청한 가지와 흰 날개
작은 풍경이나 자연을 연출한다

그런데 잘 차려입은 노신사가

연못의 황금 잉어를 물고 가는 것이 아닌가

경비들이 부랴부랴 그물을 치고

약자를 위한 법망을 정비하는데

겨울 수족관을 벗어난 자유를

다시 움츠려야 하는 형국이 되어 버렸다

– 〈검은 마음 주의보〉 전문

시 〈검은 마음 주의보〉는 자연과 인간의 조우, 그리고 그 안에 깃든 부조리한 현실을 예리하게 포착한 작품이다. 금강송과 백로라는 자연의 이미지는 단순한 생태적 요소를 넘어, 인간의 간섭과 위선적 태도를 반영하는 은유적 장치로 기능한다.

금강송과 '치유되지 않은 상처 시의 초반부에서 금강송은 조경이라는 인간의 필요에 의해 옮겨졌고, 가지와 팔뚝이 잘려나가며 상처를 입은 모습으로 등장한다. "진으로 상처를 싸매고 있다"는 표현은 인간의 간섭이 자연에 남긴 흔적을 드러내며, "재심이 없다"와 "삼심도 억울함을 감싸지 못할 때"라는 법적 은유를 통해 자연은 인간 사회의 권위 아래서 철저히 객체화되고 있음을 드러낸다. 이는 자연을 다루는 인간의 이기적 태도를 비판하며, 상처 입은 금강송은 '억울함'을 품고도 새 생명을 발아시키는 생명력으로 반응한다. 하지만 그 생명력조차 인간의 "만행" 속에서 겨우 목숨을 부지하는 처지에 있음을 시사하며, 자연의 힘찬 생명력조차 인간의 처분 아래에서 제한됨을 역설적으로 드러낸다.

백로와 작은 풍경 백로는 "청청한 가지와 흰 날개"로 등장하며, 시 속에서 잠시 평화롭고 이상적인 자연의 면모를 보여준다. 그러나 이는 단순한 '풍경'으로 묘사되며, 관찰자의 시각 아래 대상화된다. 이 자연스러운 아름다움은 인간 사회의 '시선'과 '관리' 속에서 도구화되며, 이는 금강송처럼 백로조차도 인간 사회의 질서 아래 놓여 있음을 암시한다.

잉어를 물고 간 노신사와 인간의 위선 시의 전환점은 백로가 등장한 이후 "노신사"라는 인간의 모습에서 발생한다. 그는 연못의 황금 잉어를 물고 사라지며, 겉으로는 단정한 모습과 어울리지 않는 이기적이며 도둑의 행위를 드러낸다. 이 장면은 인간 사회에서 "잘 차려입은" 위선적인 태도를 상징하며, 자연과의 관계에서도 착취와 위선을 반복하는 인간의 이중성을 비판한다.

약자를 위한 법망과 자유의 역설 시의 결말에서 등장하는 "약자를 위한 법망"은 자연을 보호하기 위한 인간의 시스템을 뜻하지만, 동시에 그 법망은 다시 자연을 제한하는 도구로 변질된다. "겨울 수족관을 벗어난 자유"는 잠시 경험한 해방감을 나타내지만, 결국 자연은 인간의 틀 속으로 다시 회귀해야 하는 비극적 현실을 맞이한다.

주제와 의의 이 시는 인간과 자연의 관계를 비판적으로 조망하며, 자연이 인간 사회의 구조 안에서 겪는 억압과 착취를 묘사한다. 금강송, 백로, 황금 잉어로 이어지는 자연의 모습은 각각 인간의 간섭과 위선적 태도, 그리고 그로 인한 생태적 피해를 상징한다.

결국 시 〈검은 마음 주의보〉는 인간의 이기적이고 위선적인 태도와 이를 통해 자연에 가해지는 억압을 강렬하게 비판하며, 생태적 성찰과 사회적 경각심을 탁월하게 융합한 작품이라 할 수 있다. 이 시에서 드러나는 '검은 마음'은 인간의 탐욕과 자연에 대한 무책임한 태도를 상징하며, 독자로 하여금 이러한 문제에 대한 깊은 성찰을 갖게 한다.

산마루에 우뚝한 활엽 교목
가으내 물감을 덧칠한 잎새
한 줌 훑어서 풀풀 이름을 날렸지
이장의 목소리처럼 귀에 익어 흔한 명성
명성보다는 명망이 간절한 세상
청아한 바람 밤새 빈 가지에 꽃을 달고
추상같은, 서릿발 같은 결기로 호령하면
사람들은 왜 고개를 돌리는지 몰라
설상가상이라고 안 좋은 일에 덮어씌우기 잘해
옥상옥 지붕에 눈을 얹으며 얼버무리려 하는지
누군가의 입김이 유리창에 닿아서
성에를 비집고 의자에 기대앉으면
구설에 얹혀 낙하산은 잘 펴지지 않는다
곁가지에 잔설을 얹어 놓고 눈꽃이라 한다
눈밭에서 강아지는 그리 좋은가
한나절 뒹굴다가 집으로 돌아가는 길
사람은 목줄에 끌려 뒤를 따른다
                              – 〈상고대의 본성을 짚어 보다〉 전문

상고대는 추운 날씨에 나뭇가지나 물체 표면에 수증기가 얼어붙어 형성된 얼음 결정체를 말한다. 시 〈상고대의 본성을 짚어 보다〉는 자연의 장엄함과 인간 삶의 부조리를 병치시키며 상징적 의미를 통해 심오한 통찰을 제공한다. 제목에서부터 나타나는 "상고대"는 단순히 겨울 풍경의 일부가 아니라, 자연의 엄혹한 아름다움과 인간 세계의 복잡한 감정을 아우르는 중심적 이미지를 형성한다.

자연과 인간의 대립적 관계 시의 첫 연에서 활엽 교목은 "가으내 물감을 덧칠한 잎새"라는 표현으로 생명력의 찬란함을 드러낸다. 그러나 이러한 자연의 찬미는 곧 인간 세계의 고단함과 대조된다. "명성보다는 명망이 간절한 세상"이라는 구절은 인간이 본질적인 가치를 추구하기보다는 외적인 평가에 치중하는 현실을 비판한다. 이는 자연의 담백하고 순수한 아름다움과 상반되며, 자연이 지닌 진정한 힘에 비해 인간의 삶이 얼마나 복잡하게 얽혀 있는지를 암시하고 있다.

서릿발 같은 결기와 인간의 회피 "추상같은, 서릿발 같은 결기로 호령하면"이라는 구절은 상고대의 엄혹한 속성을 강조한다. 그러나 이에 대응하는 인간의 태도는 "고개를 돌리는" 회피적 성향으로 묘사된다. 자연은 그 자체로 강렬한 존재감을 지니고 있지만, 인간은 이를 외면하며 현실의 복잡함에 더 집착하는 모습을 보인다. 이는 자연에 대한 경외심의 결여를 보여주며, 인간이 자연의 메시지를 받아들이지 못하고 있음을 암시한다.

구설과 낙하산의 은유 "구설에 얹혀 낙하산은 잘 펴지지 않는다"는 구절은 현대 사회의 불공정함과 인간관계의 문제를 상징적으로 드러낸다. 구설과 낙하산이라는 은유는 비판적 현실 인식을 담고 있으며, 상고대의 맑고 청아한 이미지와 대비된다. 이는 인간 세계의 결점이 자연의 순수함과 얼마나 동떨어져 있는지를 강조한다.

잔설과 눈꽃, 그리고 인간의 태도 "겉가지에 잔설을 얹어 놓고 눈꽃이라 한다"는 구절은 인간이 자연을 이름 붙이며 그것을 자신의 관념으로 재구성하는 태도를 보여준다. 이는 자연의 본질을 이해하기보다는 자신의 필요와 관점에 따라 재단하려는 인간 중심적 사고를 비판적으로 반영한다.

강아지와 인간의 모습 마지막 연에서는 "강아지는 그리 좋은가"라는 질문을 통해 인간과 동물의 본능적 삶에 대한 비교가 이루어진다. 강아지가 눈밭에서 자유롭게 뒹구는 모습은 단순한 기쁨을 상징하며, 이에 반해 인간은 "목줄에 끌려"가는 모습으로 그려진다. 이는 인간이 스스로 만들어낸 억압과 속박에서 벗어나지 못하고 있음을 상징적으로 보여준다.

시적 의도와 전체적 메시지 이 시는 자연의 본성을 묘사하며, 이를 통해 인간 삶의 모순과 부조리를 성찰한다. 상고대의 서릿발 같은 아름다움은 인간이 본받아야 할 결단력과 순수함을 상징하며, 시적 화자는 이를 통해 인간의 내면적 성장을 촉구한다. 그러나 인간은 여전히 현실의 문제를 회피하고, 자연과의 조화를 외면한 채 삶의 겉모습에 집착하고 있다. 이 시는 이러한 태도를 비판하며 자연과 인간의 관계를 새롭게 정립해야 한다는 메시지를 전달한다.

결론적으로, 이 작품은 자연의 엄혹함과 아름다움을 통해 인간의 삶을 비판적으로 조망하며, 이를 통해 자연과 인간의 이상적 조화에 대한 심오한 성찰을 제시한다.

3. 역사적·공동체적 정체성 회복

현대 사회의 개인주의와 물질주의는 과거의 공동체적 유대와 역사적 정체성을 점점 희미하게 만든다. 전통적 가치와 기억이 사라지면서, 인간은 스스로의 뿌리를 잃고 고립된 존재로 살아가게 된다. 신중혁 시인의 시 〈두물머리 해후〉, 〈수승대에 대한 상념〉, 〈라일락의 혈통〉 등은 이러한 현대적 상실감을 배경으로, 과거의 기억과 역사적 유산을 통해 공동체적 정체성을 회복하려는 시적 시도를 보여준다. 이들 시는 고향과 가족, 전통적 유대를 중심으로 과거와 현재를 연결하며, 인간적 만남과 소통이 만들어내는 새로운 가능성을 탐구한다. 이는 단절과 소외의 시대에 역사와 공동체의 중요성을 되새기게 하는 깊은 성찰로 이어진다.

> 둘 다 국토에서 발원했다
> 두고 가는 마음이 떠나는 마음을 무겁게 잡아당긴다
> 아픈 허리 통증을 더칠까 말을 삼키고
> 언제 오나 입막음으로 연어를 들먹였다

온통 쑥을 입고 있는 산과 들
쑥향은 친숙하지만 초행길이라 씁쓰름하다

마중물이 되자고 다짐하며 올케의 마음으로
저쪽 하늘에 얼쩡거리는 소나기구름 한 자락 걷어서
아버님 영전에 한을 씻을까
들뜬 마음 피붙이 실개천도 따라나선다
만나면 무슨 말을 할까 골똘했는데
정작 만나서는 구불텅 한마음이 되었다

사는곳을 묻거들랑 쏘가리 꺽저기야
한강 1길이라고만 말하렴 원적은 안 밝혀도 되니까

시간을 아우르는 고깃배 한 척 옛 나루에 매여 있다
'어, 많이 잡았어요?'
소리는 다릿발 언저리에서 증폭되고
문득 쑥버무리 생각이 난다
팍팍한 다리 오늘 밤은 쑥 우려낸 물에 족욕을 해야겠다

– 〈두물머리 해후〉 전문

시 〈두물머리 해후〉는 고향과 가족, 그리고 자연이 한데
어우러진 생명의 서사를 담은 시로, 정서적 울림과 생태적
메시지를 동시에 전달한다. 시인은 두물머리를 배경으로
인간의 삶과 자연의 조화로운 관계를 탐색하며, 깊이 있는
내면의 통찰을 펼친다.

이별과 귀환, 떠남과 머무름의 역설 "두고 가는 마음이 떠나는 마음을 무겁게 잡아당긴다"는 구절에서 느껴지는 이별의 무게감은 단순히 공간적 이동을 넘어 삶의 순환을 암시한다. 떠나는 행위는 고향에 대한 애착과 추억을 더욱 깊게 만들며, 이는 자연스럽게 두물머리를 중심으로 한 생명과 관계의 순환으로 이어진다. 이별의 무거움 속에서 "언제 오나 입막음으로 연어를 들먹였다"는 표현은 연어의 귀환 본능을 인간의 감정과 연결하며, 자연의 순환과 인간의 정서를 교차시킨다. 이는 두물머리가 단순한 물리적 공간이 아니라, 감정과 기억이 교차하는 정서적 장소임을 보여준다.

쑥의 이미지, 향수와 생명력의 상징 "온통 쑥을 입고 있는 산과 들"과 "쑥버무리 생각"은 시 전체에 걸쳐 쑥의 이미지를 중심으로 고향의 정서를 강화한다. 쑥은 단순한 식물이 아니라, 고향의 향수와 가족 간의 유대를 상징하며, 쓴맛과 친숙함을 동시에 느끼게 한다. 특히 "쑥 우려낸 물에 족욕을 해야겠다"는 구절은 육체적 피로와 삶의 팍팍함을 씻어내고자 하는 시인의 의지를 드러내며, 쑥이 지닌 치유적 속성이 삶의 회복과 연결된다.

두물머리의 상징성, 만남과 순환의 중심지 두물머리는 지리적으로는 두 강이 만나는 지점이지만, 시 속에서는 인간과 자연, 그리고 삶의 여러 국면이 교차하는 상징적 공간으로 나타난다. "시간을 아우르는 고깃배 한 척 옛 나루에 매여 있다"는 구절은 과거와 현재를 연결하며, 두물머리가 단순한 지리적 장소가 아닌 시간과 기억의 매개체임을 강조한다. 고깃배와 나루는 과거의 생업과 삶의 흔적을 상기시키며, 그 속에서 인간과 자연의 공존 가능성을 탐색한다.

가족의 유대와 정서적 교감 "올케의 마음으로 저쪽 하늘에 얼쩡거리는 소나기구름 한 자락 걷어서 아버님 영전에 한을 씻을까"라는 구절은 가족 간의 유대와 고인을 향한 애틋한 정서를 담고 있다. 자연 현상인 "소나기구름"을 통해 한을 씻는 이미지는 자연과 가족 간의 관계를 은유적으로 보여준다. 또한 "정작 만나서는 구불텅 한마음이 되었다"는 구절은 인간의 언어와 사유를 초월한 정서적 교감을 상징하며, 자연과 인간이 하나로 어우러지는 순간을 표현한다.

결말의 울림, 자연과 삶의 회복 마지막 부분에서 "쑥버무리 생각이 난다"와 "쑥 우려낸 물에 족욕을 해야겠다"는 결말은 단순한 향수와 회복의 제안을 넘어, 삶의 고단함 속에서도 자연을 통해 위로를 얻는 인간의 본성을 드러낸다. 이는 고향과 자연이 단순히 과거의 기억이나 물리적 공간이 아닌, 현재의 삶을 치유하고 회복시키는 매개체임을 보여준다.

종합적 평가 시 〈두물머리 해후〉는 고향에 대한 그리움과 가족 간의 유대, 그리고 자연과 인간의 조화로운 관계를 담아낸 작품이다. 시인은 두물머리라는 상징적 공간을 통해 삶의 순환과 생명의 지속성을 드러내며, 쑥, 고깃배, 연어와 같은 자연적 이미지를 통해 인간 삶의 깊이 있는 통찰을 제공한다. 결국 이 시는 독자로 하여금 자연과 인간, 그리고 가족의 관계를 돌아보게 하며, 삶의 회복과 치유에 대한 메시지를 전달하는 작품으로 평가될 수 있다.

수승대搜勝臺*의 본디 이름은 수송대愁送臺이다
퇴계 선생이 새 이름을 붙여 주었다
신라와 백제가 마주한 곳, 국경
이웃끼리도 울이나 담은 있는 법
뜻밖에도 나라의 경계가 명승이다
백제가 사신을 보내던 곳
객수야 집 떠나면 다 겪는 법
뒤돌아보면 팔 흔들고, 아쉬워 또 저으며
손님 보낸다
신임장을 가지고 넘는 사신이
역관을 대동했다는 말 들어 보았는가
동경東京 가는 가마 속에는
눈 설지 않은 토기(요강)도 들여 놓았다
여염집에 잘 때, 아침 문안드리는 영식을 보고
서벌徐伐 예법이라고 생각지 않았다
미닫이를 밀치고 바깥을 내다보면서
밭 가는 농부를 보고 시차를 못 느꼈고
가을걷이가 철 그르다고 말하지 않았다
무왕의 혼사를 국제결혼이라고 하는 사람은 없었다

후세 사람이 교군꾼의 영에게 물었다
고라니도 못 넘어올 만큼 촘촘한 경계가

그때도 있었느냐고.

고향 까마귀인가, 자유롭게 울타리를 넘나든다

*수승대:경남 거창군 위천면 은하길에 위치한 명승지, 백제가 사
신을 보내던 곳

– 〈수승대에 대한 상념〉 전문

시 〈수승대에 대한 상념〉은 수승대를 중심으로 역사적
사건과 장소에 얽힌 이야기를 통해 경계의 본질과 동질성
을 탐구한 작품이다. 시인은 신라와 백제의 교류를 배경으
로, 물리적 경계와 민족적 동질성 간의 긴장을 시적 사유
로 풀어낸다.

수승대의 이름과 경계의 상징성 수승대의 본래 이름인 "
수송대愁送臺"에서 "수승대搜勝臺"로 바뀐 유래는 장소의 본
질적 정서를 환기시킨다. 이곳은 단순한 자연경관이 아니
라, 신라와 백제라는 두 민족적 단위가 교차하고 작별했
던 공간이다. "뜻밖에도 나라의 경계가 명승이다"라는 구
절은 국경이라는 경계가 단절을 상징하기보다, 사람과 사
람의 만남과 이별이 이루어진 장소로서 중요한 의미를 지
녔음을 강조한다. 이는 경계가 단순히 분리의 장벽이 아니
라, 교류와 소통의 지점이 될 수 있음을 시사한다.

동질성의 발견 시의 중반부에서 백제 사신의 여행은 신
라와 백제 간의 동질성을 드러낸다. "신임장을 가지고 넘
는 사신이 / 역관을 대동했다는 말 들어 보았는가"는 별도
의 통역 없이 의사소통이 가능했던 점을 강조하며, 두 국

가가 언어적, 문화적 동질성을 공유했음을 보여준다. "눈설지 않은 토기(요강)도 들여 놓았다"는 구체적 일상 묘사는 두 나라의 생활양식이 얼마나 유사했는지를 암시하며, "밭 가는 농부를 보고 시차를 못 느꼈고, 가을걷이가 철 그르다고 말하지 않았다"는 구절은 같은 자연환경 속에서 비슷한 방식으로 살아가던 동질적 삶의 모습을 보여준다.

경계를 넘어선 결혼과 교류 "무왕의 혼사를 국제결혼이라고 하는 사람은 없었다"는 구절은 당시 신라와 백제가 서로를 이질적인 외국으로 간주하지 않았음을 상징적으로 보여준다. 이는 두 나라가 민족적 유대와 친화성을 바탕으로 교류를 이어갔던 관계를 드러내며, 오늘날의 경계 개념을 상대화하게 만든다.

현대적 시각에서의 경계 후반부에서 "고라니도 못 넘어올 만큼 촘촘한 경계"라는 표현은 현대 사회에서 경계가 더욱 견고하고 배타적으로 변한 현실을 지적한다. 그러나 "고향 까마귀인가, 자유롭게 울타리를 넘나든다"는 구절은 자연의 경계 없는 자유로움을 환기시키며, 경계란 본질적으로 인간이 만든 인위적인 개념임을 암시한다.

경계와 동질성의 조화 이 시는 경계라는 개념을 단순히 분리와 단절로 보지 않고, 동질성과 연결의 가능성을 내포한 것으로 바라본다. 신라와 백제의 사례를 통해 민족적 동질성이 강조되며, 경계 너머에서도 삶과 문화가 이어지는 모습을 시적으로 형상화한다.

종합적 평가 시 〈수승대에 대한 상념〉은 수승대를 배경으로 민족적 동질성과 경계의 본질에 대한 철학적 성찰을 담아낸 작품이다. 시인은 과거의 역사적 맥락과 오늘날의 경계 문제를 교차시키며, 경계가 단절의 상징이 아니라 소통과 만남의 장이 될 수 있음을 설득력 있게 드러낸다. 결국, 이 시는 물리적 경계를 넘어서는 인간적 유대와 동질성의 중요성을 일깨우며, 현대적 관점에서 경계의 의미를 새롭게 숙고하게 만드는 작품으로 평가할 수 있다.

게 누구 없소

화창한 봄날 바람결에 묻어오는 향

외국 병사는 파란 하늘 가 한 조각 구름처럼

향수를 달래다가

제복 소매 끝에 매달리는 감상感傷을 떨치며

고개를 세게 흔든다

화장대 주변 무엇이나 입으로 가져가던 아기 적

어머니의 젖가슴 같은 향수

게 아무도 없소

귀국길에 입양도 통관도 없는 공항

약봉지에 담아간 수수꽃다리 씨앗 몇 알

화분에 뒤슬러 변신을 거듭한 어느 날

향내가 양심을 간지럽혔던지

미스김라일락을 접목했다

후일 뿌리를 찾으러 수수꽃다리 앞에 섰으나

외손으로 알아보지 못한다

게 사람 있소

다문화 꽃동산에 라일락 기념 식수를 할 것이오

– 〈라일락의 혈통〉 전문

시 〈라일락의 혈통〉은 향수鄕愁와 기억, 그리고 다문화 사회에서의 정체성 문제를 복합적으로 다룬 시이다. 시인은 라일락이라는 상징적 이미지를 통해 개인과 사회의 역사를 은유적으로 탐색하며, 문화적 융합과 상실의 긴장 속에서 새로운 가능성을 모색한다.

향기의 기억과 어머니의 이미지 시의 초반부는 "향"이라는 감각적 이미지로 시작된다. "어머니의 젖가슴 같은 향수"라는 표현은 어린 시절의 기억과 어머니라는 존재를 연결하며, 향기가 단순한 물질적 대상이 아니라 인간 정체성을 구성하는 본질적 요소임을 드러낸다. "화장대 주변 무엇이나 입으로 가져가던 아기 적"이라는 구절은 인간이 향기를 통해 본능적으로 안정감을 찾고 기억을 형성하는 과정을 암시한다. 이 향기는 단순한 과거의 기억을 넘어, "외국 병사"가 느끼는 향수鄕愁와 연결되며, 개인적 경험과 집단적 경험이 교차하는 지점을 형성한다. 병사가 "고개를 세게 흔든다"는 행위는 향수를 떨쳐내려는 시도의 상징으로, 고향에 대한 그리움과 현재의 삶 사이의 갈등을 나타낸다.

수수꽃다리와 라일락, 정체성과 혼종의 상징 수수꽃다리는 고향과 뿌리의 상징이다. 시의 화자는 "귀국길에 수수꽃다리 씨앗 몇 알"을 가져와 화분에 심고, 이를 통해 새로운 생명을 이어간다. 하지만 이 생명은 단순히 원형 그대로 유지되지 않는다. "미스김라일락을 접목했다"는 구절은 다문화 사회에서 발생하는 정체성의 혼종성과 변형을 상징적으로 보여준다. 수수꽃다리와 라일락이 융합되는 과

정은 새로운 정체성이 형성되는 과정을 나타내며, 이는 개인의 뿌리가 보존되면서도 다른 문화적 요소와 결합되어 새로운 형태로 나타나는 다문화적 삶을 상징한다.

기억의 단절과 재발견 "후일 뿌리를 찾으러 수수꽃다리 앞에 섰으나 외손으로 알아보지 못한다"는 구절은 기억의 단절과 정체성 상실의 문제를 드러낸다. 이는 다문화적 융합이 새로운 가능성을 열어주는 동시에, 원래의 뿌리를 상실하거나 왜곡할 위험성을 내포함을 암시한다.

결국, 화자는 자신이 심었던 식물이 본래의 모습을 잃어버렸음을 깨닫지만, 이는 단순한 상실이 아니라 새로운 정체성의 생성으로 이어진다.

다문화 사회와 화합의 메시지 "다문화 꽃동산에 라일락 기념 식수를 할 것이오"라는 결말은 개인적 정체성의 혼종성을 넘어, 사회적 차원에서의 융합과 화합을 상징한다. 이 구절은 다문화 사회에서 다양한 문화적 뿌리가 공존하며 새로운 공동체를 형성할 수 있음을 시사한다. 라일락이라는 상징적 이미지는 향기와 꽃이라는 긍정적 이미지를 통해 다문화적 화합의 가능성을 제시하며, 사회적 통합의 희망적 메시지를 전달한다.

종합적 평가 시 〈라일락의 혈통〉은 기억과 향수, 그리고 다문화 사회에서의 정체성 문제를 깊이 있게 탐구한 작품이다. 시인은 라일락과 수수꽃다리라는 상징적 이미지를 통해 개인적 정체성과 사회적 융합의 문제를 동시에 다루며, 현대 사회의 중요한 질문들을 제기한다. 결국 이 시는 과거와 현재, 개인과 공동체, 정체성과 융합이라는 복잡한 관계 속에서 새로운 가능성을 모색하며, 독자로 하여금 다문화적 삶의 의미를 숙고하게 만드는 작품으로 평가할 수 있다.

4. 고향과 원형적 삶에 대한 회귀

현대 사회의 빠른 변화와 도시화는 많은 이들에게 고향과 과거의 따뜻한 기억을 그리워하게 만든다. 고향은 단순한 지리적 공간을 넘어, 인간적 온기와 공동체적 유대가 살아 있는 삶의 원형적 모습으로 상징된다. 신중혁 시인의 시 〈미루나무숲〉과 〈하지 무렵〉 등은 소박한 고향의 풍경과 그 속에 담긴 인간적 유대를 통해, 현대 사회에서 잃어버린 원형적 삶의 회복을 노래한다. 이들 시는 고향의 따뜻한 정서와 기억을 중심으로 공동체적 삶의 가치를 재조명하며, 고향과의 연결을 통해 삶의 본질적 의미를 되찾고자 하는 인간적 열망을 보여준다.

> 서글서글하여 꽁하지 않는 사람
> 푸근하고 냉랭하지 않는 사람
> 냉방보다는 그늘이 되어 주는 사람
> 눈인사만 보내도 손을 들어 알은 척하는 사람
> 객지에서 만난 고향 사람
> 허물을 좀 뭉개도 되는 사람
> 그런 나무가 고향에 가면 숲을 이루고 자란다

큰물 지고 생긴 땅에 발붙이고 사는 나무

기름지고 더불어 살기에 알맞은 땅

사람들은 그곳을 새숲이라 한다

참외 수박은 물론 김장 채소도 넘치는 곳

바람에 곁가지를 내뻗어 심술을 부릴 때도

술렁술렁 그런 나무와도 이웃하고 사는 나무

밤이면 원두막 불 밝혀 작은 마을을 이루는 곳

학교에서 돌아오기 바쁘게

양쪽 어깻죽지에 줄 매고 공놀이하던 곳

세상을 돌아 고향에 당도하고 보니

둑을 쌓아 물길을 돌리고 수중보도 만들고

옛 모습 찾을 수 없어도 가슴에 새겨진 숲은 지워지지 않네

- 〈미루나무숲〉 전문

시 〈미루나무숲〉은 고향과 기억, 그리고 인간 공동체의 이상을 서정적으로 그려낸 작품이다. 시인은 고향을 상징하는 "미루나무숲"을 중심으로 따뜻한 인간관계와 과거의 추억을 탐색하며, 현대적 변화 속에서 잃어가는 본연의 정서를 아련하게 그려낸다.

고향의 상징, 미루나무와 사람들 시의 초반부에서 묘사된 "서글서글하여 꽁하지 않는 사람", "푸근하고 냉랭하지 않는 사람"은 고향 사람들의 훈훈한 인간성을 드러낸다. 이러한 묘사는 단순히 개인적 특성을 넘어, 따뜻한 공동체의 모습을 상징한다. 미루나무는 이러한 사람들과 동일시되며, "객지에서 만난 고향 사람"처럼 낯선 곳에서도 익

숙하고 반가운 존재로 묘사된다. 또한 "허물을 좀 뭉개도 되는 사람"은 인간 관계의 너그러움과 수용성을 나타내며, 공동체의 본질적인 따뜻함을 보여준다.

미루나무숲과 공동체의 풍경 "큰물 지고 생긴 땅에 발붙이고 사는 나무"라는 구절은 고향과 공동체의 생명력을 상징한다. 미루나무숲은 자연과 인간이 공존하는 이상적인 공간으로 묘사되며, "기름지고 더불어 살기에 알맞은 땅"이라는 표현은 풍요롭고 조화로운 삶의 터전을 암시한다. 특히 "참외 수박은 물론 김장 채소도 넘치는 곳"과 같은 구체적 묘사는 과거 농촌 공동체의 풍요로움을 떠올리게 하며, 자연과 인간의 조화로운 관계를 이상적으로 그려낸다. "밤이면 원두막 불 밝혀 작은 마을을 이루는 곳"은 공동체의 화목함과 단란함을 상징적으로 드러낸다.

회상의 서정, 변화 속에서도 지워지지 않는 숲 "세상을 돌아 고향에 당도하고 보니"로 시작하는 후반부는 현대적 변화와 고향의 기억 사이의 간극을 드러낸다. "둑을 쌓아 물길을 돌리고 수중보도 만들고"라는 묘사는 산업화와 개발로 인해 변모한 고향의 모습을 나타낸다. 그러나 이러한 물리적 변화에도 불구하고, "가슴에 새겨진 숲은 지워지지 않네"라는 구절은 기억 속 고향의 정서와 공동체의 가치가 여전히 살아 있음을 강조한다. 이는 고향이 단순히 공간적 개념이 아니라, 마음속에 남아 있는 정서적 공간임을 드러낸다.

주제적 해석, 인간관계와 자연의 이상적 조화 시 〈미루나무숲〉은 고향에 대한 서정적 회상을 통해 인간관계와 공동체의 이상적 가치를 탐구한다. 시인은 미루나무를 중심으로 사람들 간의 따뜻한 유대를 그려내며, 이는 단순한 자연 묘사를 넘어 인간과 자연의 조화로운 관계를 상징적으로 보여준다. 또한, 개발과 변화 속에서도 잃지 않는 고향의 정서와 기억은 현대적 삶에서 중요한 가치로서, 공동체와 환경의 본질적 의미를 되새기게 한다.

종합적 평가 시 〈미루나무숲〉은 고향의 정서를 섬세하게 그려낸 작품으로, 인간관계와 공동체적 가치의 중요성을 감각적으로 전달한다. 시인의 따뜻한 시선은 독자로 하여금 고향과 공동체의 의미를 되새기게 하며, 변모한 현실 속에서도 본질적인 가치를 간직하라는 메시지를 전한다. 결국 이 시는 잃어가는 고향과 공동체의 기억을 소중히 간직하고, 인간과 자연이 조화롭게 공존하는 삶의 이상을 되새기게 하는 작품으로 평가할 수 있다.

고무줄을 한참 당겼는데 아직도 낮이다
줄을 놓으면 애먼 새가 맞을까 봐
집게손가락이 느슨하게 딸려간다
밤잠을 설치는 일은 줄어들 것 같다
햇감자가 나왔는가
귀농 댁은 일손을 못 구해 수확이 늦은가 보다
가까이 사는 일가가 오고
두둑 비집고 나온 감자가 하늘을 봐서인지 자주색이다
요즘 경기장에서는 피부색을 탓하지 않는다
귀촌 후 밭에서 얻은 푸성귀는

나누어 먹고 지내는데

도우미 친척은 가지고 온 포대에 유성 펜으로 이름을 적어 놓았다

세대, 세태도 마음은 층이 지는 것 같다

장거리 검은 봉지엔 감자인 듯 씨알이 볼록볼록하다

- 〈하지 무렵〉 전문

시 〈하지 무렵〉은 하지라는 계절적 배경을 중심으로 자연과 인간, 그리고 현대적 세태의 단면을 섬세하게 포착한 작품이다. 시적 화자는 하지의 긴 낮과 감자, 고무줄과 같은 소박한 이미지를 통해 삶의 풍요와 현대 사회의 단절을 대비시키며, 조화로운 삶의 가치를 되새긴다.

하지와 시간의 팽팽함 시의 첫 구절 "고무줄을 한참 당겼는데 아직도 낮이다"는 하지의 긴 낮이 주는 시간적 긴장감을 상징적으로 표현한다. 하지의 풍경 속에서 고무줄을 당기고 느슨하게 놓는 행위는 삶 속에서 균형을 찾아가는 인간의 태도를 나타낸다. "줄을 놓으면 애먼 새가 맞을까 봐"라는 구절은 화자가 자신의 행위가 자연에 미칠 영향을 고려하며, 자연과의 관계 속에서 섬세한 배려를 보여준다. 이는 하지의 계절적 풍요로움과 함께 인간이 자연과 공존해야 할 책임을 암시한다.

감자와 생명력의 은유 "햇감자가 나왔는가"라는 질문은 하지라는 계절적 배경 속에서 생명의 순환을 암시하며, "두둑 비집고 나온 감자가 하늘을 봐서인지 자주색이다"라는 구절은 감자의 생명력이 자연의 섭리와 조화를 이루고 있음을 상징한다. 감자의 모습은 단순히 농작물의 수

확을 넘어, 하지의 자연이 가진 생명의 풍요와 힘을 대변하며, 자연의 흐름 속에서 인간의 삶이 자연에 기대어 이루어진다는 점을 강조한다. 이를 통해 화자는 하지의 계절적 맥락 속에서 자연과 인간의 조화로운 삶을 희구한다.

세대와 세태의 단면 시의 중반부는 현대적 세태와 인간관계의 단면을 섬세하게 그려낸다. "귀촌 후 밭에서 얻은 푸성귀는 나누어 먹고 지내는데"라는 구절은 전통적 공동체의 따뜻함과 나눔을 강조하며, 화자가 추구하는 이상적인 인간관계의 모습을 보여준다. 그러나 이어지는 "도우미 친척은 가지고 온 포대에 유성 펜으로 이름을 적어 놓았다"는 구절은 현대적 소유의식과 관계의 단절을 나타낸다. 이는 인간관계 속에서 물질적 가치가 강화되며, 화자가 희구하는 조화로운 삶과 대비되는 현대 사회의 모습을 드러낸다.

하지와 현대적 삶의 대비 하지는 자연의 풍요로움을 상징하지만, 시적 화자는 하지의 풍경 속에서 현대 사회의 복잡성과 단절을 성찰한다. "세대, 세태도 마음은 층이 지는 것 같다"는 구절은 인간관계 속의 세대 간 간극과 가치관의 차이를 상징하며, 삶의 본질적 단순함과 현대적 복잡성이 공존하는 현실을 반영한다. 특히 마지막 구절 "장거리 검은 봉지엔 감자인 듯 씨알이 볼록볼록하다"는 하지의 풍요 속에서 삶의 본질적 무게감을 상징하며, 인간이 자연과 함께 만들어낸 삶의 가치와 의미를 되새기게 한다.

시적 화자가 희구하는 삶 시적 화자는 하지의 계절적 풍요와 생명력 속에서 자연과 인간이 조화롭게 공존하는 삶을 희구한다. 소박한 농작물인 감자는 이러한 삶의 본질을 상징하며, 나눔과 배려가 어우러진 이상적인 공동체의 모습을 그려낸다. 그러나 현대적 소유의식과 세대 간 단절의 현실은 화자가 이상적으로 그리는 삶과 충돌하며, 조화와 균형의 어려움을 드러낸다.

종합적 평가 시〈하지 무렵〉은 하지라는 계절적 배경 속에서 자연의 순환과 생명의 풍요로움, 그리고 현대적 세태의 단절을 조화롭게 엮어낸 작품이다. 시적 화자는 하지의 풍경 속에서 삶의 본질적 기쁨과 현대 사회의 현실적 모순을 성찰하며, 독자로 하여금 삶의 조화로운 본질과 관계의 가치를 되새기게 만든다. 결국 이 시는 계절과 일상적 소재를 통해 인간과 자연, 인간관계의 본질을 탐구하며, 현대 사회에서 단순하고 풍요로운 삶의 가치를 설득력 있게 제시하는 작품으로 평가할 수 있다.

신중혁 시인의 시는 이렇듯 현대 사회에서 잃어버린 원형적 삶에 대한 탐구와 회복의 열망을 구체화하며, 이를 시적 언어로 풀어낸다. 원형적 삶은 심리학자 칼 구스타프 융(Carl Gustav Jung)의 집단 무의식 이론에서 비롯된 개념으로, 인간의 내면에 내재된 보편적이고 근원적인 원형(archetype)을 지향하는 삶을 의미한다. 이 삶은 단절과 소외가 만연한 현대 사회 속에서, 인간 본연의 조화롭고 통합적인 상태로의 회귀를 꿈꾼다.

시〈거미의 입지〉, 〈서울 입성〉 등은 인간적 유대와 공동체적 관계의 붕괴를 다루며, 고립된 개인의 삶 속에서 본래적 관계성을 회복하려는 욕구를 드러낸다. 그런가 하면, 시 〈검은 마음 주의보〉, 〈상고대의 본성을 짚어 보다〉 등은 인간이 자연과의 관계에서 원형적 질서를 상실한 상태를 비판하며, 생태학적 통합을 향한 시적 제안을 담고 있다. 이는 생태철학자 아른 네스(Arne Naess)의 심층 생태학(deep ecology)에서 주장하는 자연과 인간의 상호의존적 관계를 상기시키며, 현대 사회의 생태적 균열을 치유하려는 의도를 보여준다.

역사와 전통을 중심으로 한 시 〈두물머리 해후〉, 〈수승대에 대한 상념〉, 〈라일락의 혈통〉 등은 과거와 현재를 연결하며, 집단적 기억을 통한 정체성의 재구축을 시도한다. 이는 융의 집단 무의식 이론과 맥락을 같이하며, 개별적 기억과 경험을 넘어 집단적 차원의 유대와 소속감을 회복하려는 시적 실천으로 볼 수 있다. 또한, 시 〈미루나무숲〉, 〈하지 무렵〉 등은 고향과 자연의 이미지를 통해, 물질주의적 현대 사회에서 잃어버린 단순하고 조화로운 삶을 재조명한다. 이 시들은 인간이 잃어버린 원형적 삶의 풍경을 제시하며, 자연과 인간, 그리고 공동체적 연대가 어우러진 본래적 상태로의 회귀를 지향한다.

결국, 신중혁 시인의 시는 현대 사회의 소외와 단절, 생태적 위기, 정체성 상실이라는 문제를 심층적으로 성찰하며, 잃어버린 원형적 삶을 되찾는 길을 탐구한다. 그의 시는 단순히 문제를 고발하는 데 그치지 않고, 인간 내면에 내재된 원형적 에너지와 자연적 질서를 되살려 조화로운 삶으로 나아갈 것을 제시한다. 이는 현대인의 삶이 다시금 인간 본연의 상태로 돌아가, 상실된 정체성과 조화를 회복할 수 있다는 심오한 메시지를 전달하며, 독자로 하여금 삶의 본질적 가치를 새롭게 인식하게 한다.